官渡之戰・三顧茅廬

2

萌漫大話三國演義

繪時光 編繪

Graphic Times 47

官渡之戰・三顧茅廬
2
萌漫大話三國演義

編　繪　繪時光

野人文化股份有限公司
社　　長　張瑩瑩
總 編 輯　蔡麗真
責任編輯　徐子涵
專業校對　魏秋綢
行銷經理　林麗紅
行銷企畫　蔡逸萱、李映柔
封面設計　彭子馨
內頁排版　洪素貞

出　　版　野人文化股份有限公司
發　　行　遠足文化事業股份有限公司（讀書共和國出版集團）
　　　　　地址：231 新北市新店區民權路 108-2 號 9 樓
　　　　　電話：（02）2218-1417　傳真：（02）8667-1065
　　　　　電子信箱：service@bookrep.com.tw
　　　　　網址：www.bookrep.com.tw
　　　　　郵撥帳號：19504465 遠足文化事業股份有限公司
　　　　　客服專線：0800-221-029
法律顧問　華洋法律事務所　蘇文生律師
印　　製　凱林彩印股份有限公司
初版首刷　2023 年 9 月

國家圖書館出版品預行編目（CIP）資料

萌漫大話三國演義 . 2, 官渡之戰 . 三顧茅廬
/ 繪時光編繪 . -- 初版 . -- 新北市：野人文化
股份有限公司出版：遠足文化事業股份有
限公司發行, 2023.09
　面；　公分 . -- (Graphic times ; 47)
ISBN 978-986-384-921-6(平裝)

1.CST: 三國演義 2.CST: 漫畫

857.4523　　　　　　　　112013651

萌漫大話三國演義 (2)

野人文化　野人文化　線上讀者回函專用
官方網頁　讀者回函　QR CODE，你的寶
　　　　　　　　　　貴意見，將是我們
　　　　　　　　　　進步的最大動力。

官渡之戰・三顧茅廬

② 萌漫大話三國演義

第 7 章
敗走漢津口

第 1 章
轅門射戟
呂布殞命

莽張飛醉酒丟徐州

咱們常聽一句話叫「人中呂布，馬中赤兔」，意思是人才如呂布，良馬如同赤兔。比喻非常出眾的人才，萬裡挑一。這話說得不假，呂布的確是一個難得的英雄。

呂布雖然勇猛，長得帥氣，但是性格多疑，辦事猶豫不決，還貪圖便宜，誰給好處就向著誰的缺點，都被很多人詬病。

殺乾爹董卓

呂布殺乾爹丁原

我揭發，呂布是小人！

證據確鑿！

接受司徒王允的好處

劉備得了徐州，呂布來投奔。劉備就叫呂布在小沛屯兵。曹操一直害怕劉備和呂布聯手對付自己，於是召集文臣武將商量剷除二人的辦法。

這兩人老叫我睡不著覺，吃飯也不香⋯⋯

我有一計，叫二虎競食！

曹操按照荀彧計謀，趕緊給在徐州的劉備發一個官方認證，封劉備爲征東將軍、徐州牧等。同時寫了密書一封，叫劉備把呂布殺掉。

劉將軍，這裡有封信給你！

這麽神秘？

招待完使者，劉備趕緊連夜召集衆人商討辦法。大家七嘴八舌，發言積極踴躍。

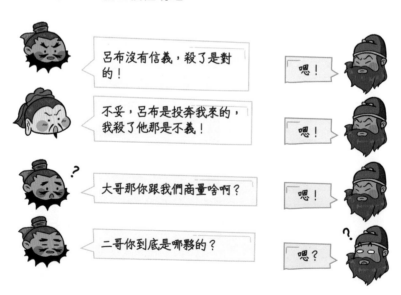

呂布沒有信義，殺了是對的！

嗯！

不妥，呂布是投奔我來的，我殺了他那是不義！

嗯！

大哥那你跟我們商量啥啊？

嗯！

二哥你到底是哪夥的？

嗯？

第二天，劉備把呂布請到後堂，實情相告，還把曹操帶來的密信給呂布看了。

曹阿瞞太壞了！

將軍放心，劉備不幹不是人的事！

劉備打發走了使者，絕口不提殺呂布的事。在回覆曹操的書信裡也只是推辭說緩緩再說。這叫曹操非常惱火。

劉備真是奸巧！

我又有一計叫驅虎吞狼！

荀彧

謀士荀彧再出一計，叫人寫一密信給袁術，就說劉備暗中上表給皇帝，要討伐袁術。然後曹操再假傳聖旨給劉備，叫劉備去攻打袁術。劉備接到聖旨，準備帶兵去打袁術。糜竺馬上識破了曹操的陰謀詭計，但是劉備認為，就算知道是計，也得聽皇帝的啊。

對，叫袁術跟劉備開打，那呂布是小人，肯定得有事。

這招挑撥離間甚妙！

哼，這又是曹操的小把戲。

王命不可違啊。

要是都出去打袁術，誰在徐州看家啊？張飛自告奮勇，但是劉備不放心。畢竟張飛性格暴躁，常打罵手下。而且張飛嗜酒，常喝酒誤事。張飛一聽大哥不信任自己，不高興了，劉備只好叫陳元龍在張飛身邊監督。

大哥你放心，我肯定能把事辦好。

我這監督工作有壓力啊。

美酒雖好，可不要貪杯哦！

陳元龍

日子一天一天過去了，張飛感覺也沒什麼事啊，太清閒了。於是他想著安排一次聚會，所有官員都得參加，同樂一下。

張飛挺高興，一個一個去勸酒，席間呂布的岳父曹豹也在。喝了一圈回來，看曹豹就喝了那一杯酒，沒跟著大喝，心裡不高興。見曹豹不肯飲酒，張飛可就上火了。嚇得曹豹趕緊求饒。

張飛又聽說曹豹的女婿是呂布，更加生氣，立刻衝上去，把曹豹按倒在地一頓痛打。衆官員一起勸架，但是張飛依然不肯住手。

曹豹挨了一頓毒打，心裡生氣。寫了一封書信，叫人連夜給呂布送去。

呂布看到岳父寫來的書信，趕緊找陳宮想辦法。陳宮覺得有機可乘，最好藉機占了徐州。於是，呂布悄悄披掛上陣，趁著張飛酒醉，殺進城來，就這樣奪下了徐州城。

張飛只帶了十多個人逃出去見劉備。

你……
你可真了不起！

啊，呂布老丈人不好
好喝酒，叫我……
呂布把徐州城給奪了
去，嫂子們也被
拘留了……

大哥，你怎麼
不說話呢？

呂布沒有傷害劉備的兩位夫人，只是要了徐州城。劉
備接出夫人，暫時到小沛去駐紮了。

這回倒好，跟呂布
交換地盤了。

三弟，
你別內疚。

猛呂布轅門射戟

經過這麼一鬧，劉備的實力可就打了折扣了。袁術早有自己當皇帝的野心，他本來想去打孫策。可是手下謀士告訴他，欲取天下，先得把劉備給滅了。

大耳賊現在兵少，就先揍他了。

謀士

那要是呂布幫忙怎麼辦啊？

呂布那人，給點好處就能釣住他。

我可捨不得給呂布糧草……

捨不得孩子套不住狼！

袁術只好派韓胤帶著糧食草料去給呂布送去，還寫了一封信給呂布，意思是以後我袁術跟誰打仗，你別幫手。

請將軍笑納！

好，多多益善！

糧

韓胤

韓胤回去告訴袁術，呂布收下禮物很高興，也答應不管咱們跟誰打仗了。袁術一聽挺高興，馬上派紀靈為大將，統兵數萬，進攻小沛。

劉備一聽袁術的兵馬氣勢洶洶而來，心裡慌了。人家兵多將廣，這可怎麼辦啊？

呂布看了劉備的求助信，跟陳宮商量對策。呂布這才明白袁術前段時間為什麼給自己套交情，又是送禮物又是聯絡感情的。原來是要拉攏我別管閒事，他要把劉備給滅了。

將軍，不救劉備，那袁術收拾完劉備就得收拾你。

陳宮

呂布一聽，心想這袁術還真陰險啊，馬上起兵去幫助劉備。紀靈大軍收到訊息，說呂布跟劉備聯手了，簡直氣到不行，立刻寫信問呂布是不是良心叫狗給吃了，才拿完袁術的好處，就說話不算話。

呂布和陳宮分別給劉備和紀靈寫信，約他們來軍中議事。

你看，呂布還是不錯的人。

你看，呂布這是反悔要給我認錯。

劉備帶著關羽和張飛去見呂布，進得呂布寨中，呂布挺熱情，劉備很感動呂布的熱心相助。

將軍真是雪中送炭啊！

兄弟，我給你解了這危險，以後我要是求你辦事，你可得痛快點。

劉備趕緊道謝，呂布請劉備坐好，要他吃飯喝酒。關羽和張飛寸步不離。這個時候，士兵報紀靈到了，劉備等人一聽，嚇了一跳。

呂布哈哈大笑，勸劉備別害怕，說紀靈也是自己請來的客人，叫他來雙方坐下來談判，盡可能別動刀動槍，劉備一聽只好坐下靜觀事態發展。

紀靈下馬進寨，心情挺好，以爲呂布要給自己道歉，然後兩人喝上一頓小酒。誰想到往座上一看，劉備在那坐著呢。

紀靈一看，不知道呂布這是何意啊，這酒局不能參加，趕緊撤。紀靈抽身要走，誰也勸不住。呂布急了，上去一把揪住，像提孩子一樣把紀靈給逮回來了。

呂布不慌不忙，叫二人落坐。呂布坐在正中間，然後
開始喝酒吃菜。劉備紀靈都吃得滿腹狐疑，兩邊都有
心事，只有呂布挺有興致。

二位，這菜
鹹淡可好？

有點鹹了。

有點淡了。

呂布終於吃飽喝足了，打個飽嗝開始勸解。你們彼此
也沒啥深仇大恨，我看喝完酒，就都收兵吧。打打殺
殺也沒啥意思。

你們覺得我說
得有道理嗎？

主公派我來逮
大耳賊，十多萬人，
人吃馬行的都是錢。

很有道理。

就這樣回去，
我怎麼交代？

張飛一聽氣壞了，破口大罵，上前要跟紀靈打架。

呂布看張飛和紀靈罵個不休，誰都不聽勸，勃然大怒，吩咐部下取來兵器。兩邊這下都害怕了，不知道呂布想幹啥。

呂布叫士兵接過畫戟，到轅門外遠遠插定。回頭跟紀靈和劉備商量。紀靈和劉備一看呂布這是要玩命的架勢，只好答應下來。劉備當然心裡樂意，紀靈想呂布喝得微醺，距離這麼遠是射不中的。

轅門距離這一百五十步，若我一箭射中畫戟小枝，

你們兩家就罷兵。

呂布喝完一杯酒，叫人取弓箭來。他挽起袍袖，搭上箭，扯滿弓，叫一聲：「著！」那箭飛了出去——

有詩讚：開弓如秋月行天，箭去似流星落地！呂布射中畫戟小枝，仰天大笑。把弓丟到地上，把紀靈和劉備拉到一起。

呂布調解成功，給袁術寫了封信，叫紀靈帶上返回。
劉備非常感激呂布的相救。

就這樣，呂布把袁術的兵馬給退了，幫助劉備度過一
劫。不過，沒幾天呂布跟劉備又開戰了。劉備沒有辦
法，只好去投奔曹操。至於袁術那邊聽紀靈回來一說，
氣壞了。這呂布白拿好處，言而無信，不辦好事啊。
還有，袁術派人說親，要把呂布的女兒嫁給自己兒子，
結果呂布也是反反覆覆，氣得袁術乾瞪眼沒辦法。

白門樓呂布殞命

這一年，曹操大兵壓境進犯呂布。曹操在城下勸降，
陳宮站在呂布身邊，大罵曹操逆賊。陳宮箭射曹操，
雙方展開惡戰。

陳宮，我早
晚殺了你！

陳宮給呂布獻策，叫呂布引兵出去佈防。曹操若打呂
布，陳宮引兵進攻曹操後面。曹操要是來攻城，呂布
也回馬來戰。不出半月，那曹操軍馬就沒有糧草了，
咱們就能把曹操打敗。

有道理！

這時候已經到冬天，天氣變冷了。呂布回家拿些衣服。
呂布的妻子嚴氏和貂蟬一見到他，都捨不得呂布出去
打仗。

將軍，我捨不得
你出去打仗！

就這樣，呂布在家裡跟妻子喝酒，三天不出門。陳宮
見不到呂布，急得跑到他家裡來找人。

咱們城牆牢固，
不用出去。

陳宮得到消息，曹操那邊正在往戰場上運送糧草，可
以去斷其運輸補給線，呂布覺得挺好。可是一回到家，
妻子嚴氏和貂蟬又不讓呂布離開了。

唉，枕邊風太猛了！
咱們都得死無葬身
之地啊！

沉浸在溫柔鄉的呂布什麼都聽不進去。陳宮又獻了一計，說再去找袁術結成兒女親家吧。呂布這次答應了，可是人家袁術已經被呂布騙怕了。雖然同意了親事，但是在你們把閨女送過來之前，我才不信呢。

一回回地放我鴿子！你們回去轉告呂布：非誠勿擾！

這邊曹操的謀士出招，把河水開閘，用大水淹了呂布的城池。呂布這陣子天天喝酒，照鏡子一看大驚失色。於是開始反省自己，決定從現在開始全城戒酒，誰敢喝一口酒就嚴懲不貸。

不能再貪杯了，要從現在開始好好學習，天天……

呂布頒佈戒酒令後，苦了下面的軍士。有人偷喝酒，
被呂布抓住一頓毒打，這讓部下非常生氣。

他自己喝夠玩夠了，
反倒來管咱們。

於是部將們先把呂布的赤兔馬偷走送給了曹操。等次
日天明，曹操率軍攻城，呂布提著畫戟準備要出戰，
卻找不到自己的赤兔馬了。

？

我的赤兔馬呢！

就這樣呂布在城上激戰半天，因為太睏而睡著了。部下們把他的畫戟偷走，綁了呂布。曹操大軍衝進城池，呂布就這樣全軍覆沒。

白門樓上，曹操和劉備坐在那裡。呂布被綁著押上來。

不能鬆，來人，再給加點勁。

對，捆緊點，別叫他跑了。

哎呀，綁得太緊了。

呂布一看，偷自己赤兔馬和捆綁自己的幾個部下，都
投降了曹操，氣得他大罵。

陳宮也被押了上來，他對勸降的曹操破口大罵。

陳宮頭也不回，下城樓慷慨就義。曹操敬佩陳宮為人，
吩咐善待陳宮的家人，厚殮陳宮。

曹操送陳宮的時候，呂布趁機請求劉備能為自己說句
話。

曹操上了城樓，看著呂布，徵求劉備的意見。呂布很高興，想說這下沒問題啦。

你不是知道丁建陽和董卓怎麼死的嗎？

玄德，你看這呂布怎麼處置？

都死呂布手裡了，我可不想做第三個。

呂布一聽劉備這話，非但沒給自己求情，還火上澆油，氣壞了。大罵他不講信用。

推下去殺了！

大耳賊，轅門射戟我幫你，你卻在關鍵時刻害我！

呂布被兵士押下城樓，一代名將就此殞命白門樓。

三國時期的特種部隊

　　世界上有很多特種兵部隊，比如俄羅斯的阿爾法特種部隊，專門負責反恐。美國的海豹突擊隊，專門負責應付突發事件，另外中國也有「雷神突擊隊」、「獵鷹突擊隊」、「雪豹突擊隊」等，時刻準備衝鋒陷陣，保衛人民安全。

　　三國群雄四方征戰，自然少不了戰力充沛的特種部隊。這些特種部隊，由專門的將領統帥，結合各家勢力的戰鬥特色與地方上的地理民風，為三國的戰場上增加了一道靚麗的風景線。下面我們就一一來領略三國特種部隊的風采。

虎豹騎

　　虎豹騎是曹操帳下一支精銳的騎兵，聽名字就知道這支部隊如虎似豹一般勇猛。中原漠北地勢平坦廣闊，虎豹騎能發揮出他最大的優勢，讓無數敵人膽寒。比如在南皮之戰中殺死袁譚，在北征烏桓時斬殺蹋頓。這一支虎豹騎由曹操最信任的曹氏將領統帥，比如曹純、曹休、曹真。《魏書》記載：「曹純所督虎豹騎，皆天下驍銳，或從百人將補之。」由此可見，虎豹騎不但是曹操嫡系部隊，還是一支萬裡挑一的精銳騎兵。

虎豹鐵騎，縱橫天下。

白毦兵

　　白毦兵是三國時期蜀漢的精銳部隊，白毦就是白色鳥獸羽毛的意思，可見白毦兵有統一的著裝標示。在諸葛亮的通信中寫道：

　　「先帝帳下白毦，西方上兵也。」根據「西方上兵」這樣的描述，專家推測白毦兵可能是由蜀漢西南的少數民族人員編組而成。蜀漢的地理位置，道路崎嶇，崇山峻嶺，這支部隊靈活機變，很適合山地作戰。這支部隊由永安都督陳到統領，負責蜀漢的防備與後援。

> 白毦雄兵，
> 所向披靡。

陷陣營

　　陷陣營是漢末時期呂布帳下的特種部隊，由呂布信任的大將高順所統領。顧名思義，這是一支專門負責攻城掠地的部隊。根據《英雄記》記載：「所將七百餘兵，號為千人，鎧甲具皆精練齊整，每所攻擊無不破者，名為『陷陣營』。」陷陣營部隊的成員，加在一起才七百多人，但能戰無不勝，每攻必克，足以能夠證明這支部隊的戰鬥力。曹操在白門樓擒殺呂布之後，也將高順斬首，陷陣營也從此消失在歷史當中。

> 我才是第一猛將。

> 還不是被我們聯手打敗了。

> 我對不起我的陷陣營兄弟。

飛 將

歷史上，常將那些矯健敏捷、驍勇善戰、善於騎射的將領，稱為「飛將」。第一個擁有這個稱號的人，便是漢代名將李廣。

李廣鎮守北疆，抵禦匈奴，而且英勇善戰，善於騎射，連匈奴人都驚嘆李廣的箭法，因此李廣獲得「飛

最早的飛將，如假包換。

將軍」的稱號，唐人王昌齡在《出塞》一詩中寫道：「但使龍城飛將在，不教胡馬度陰山。」這裡的龍城飛將，指的就是李廣。

漢末三國時期的呂布，也被尊為「飛將」。《三國志》記載：「呂布便弓馬，膂力過人，號為飛將。」呂布憑藉他過人的武力，馳騁中原，成了一方諸侯。本章故事中的「轅門射戟」就是歷史上呂布箭法高超的最好證明。正是因為有「飛將」的稱號，在民間的小說演義當中，將呂布評為三國第一猛將。

最出名的飛將，貨真價實。

嗖一

到了隋唐時期，又出現了一名「飛將」，那就是瓦崗寨的單雄信。《資治通鑑》記載：「初，單雄信驍捷，善用馬槊，名冠諸軍，軍中號曰飛將。」單雄信曾單槍匹馬直取秦王李世民，幸虧手下護衛，李世民才死裡逃生。從這一事件中，也能看出單雄信的勇猛武力。

五代後唐的李克用、宋代的楊業、清代的劉錦棠，甚至日本戰國時期的猛將本多忠勝，也都被稱為「飛將」。由此可知，不單是在中國，在亞洲，「飛將」一詞都成了勇猛武將的代名詞。

白馬篇
（節選）

棄身鋒刃端，性命安可懷。
父母且不顧，何言子與妻？
名編壯士籍，不得中顧私。
捐軀赴國難，視死忽如歸。　　　〔魏〕曹植

　　〈白馬篇〉是曹植的代表作，屬於樂府歌辭。在曹植之前，樂府詩屬於民歌範疇，曹植的出現，讓樂府詩完成了由民歌到文人詩歌的轉變，給樂府詩增加了濃厚的個人情緒與特定標籤，這首〈白馬篇〉就寄託著曹植濃厚的個人情懷與理想。

　　曹植一心想在政治上建功立業，但是哥哥曹丕當上皇帝之後，一直打壓曹植。曹植只能整日喝酒解悶，鬱鬱寡歡，用詩歌來抒發自己的心志。

　　曹植在這首〈白馬篇〉中創造了一位文武雙全的英雄將軍形象，歌頌他為國犧牲、視死如歸的精神。這位英雄將軍其實就是曹植在自己筆下的化身，結尾的「捐軀赴國難，視死忽如歸」是流傳千古的名句，寄託了曹植建功立業的雄心壯志。

弟弟，你可要聽話啊！

哥哥總欺負我，
我只能在詩中抒發抱負……

第 2 章

青梅煮酒

獻帝認皇叔

曹操和劉備聯手把呂布給消滅了，曹操心裡很高興。
第二天，曹操上朝奏本給劉備請功。

漢獻帝一聽心裡歡喜，心想這劉備儀表堂堂，跟自己
還是宗親。馬上命人找族譜查證一番，這一查看，發
現按照輩分皇帝還是劉備的侄子呢。漢獻帝大喜，趕
緊把劉備請到偏
殿敘叔侄
之禮。

漢獻帝設宴款待劉備，還拜劉備為左將軍，加封宜城亭侯。從這以後，人們就開始稱呼劉備為劉皇叔。

曹操回府後，荀彧等一班謀士趕緊來找曹操。他們認為漢獻帝認了劉備為皇叔，會威脅到曹操的地位。

曹操認為劉備對自己構不成任何威脅，反而太尉楊彪跟袁術私通，這才是心腹大患。於是，曹操就找人誣告楊彪，要把楊彪抓起來要殺掉。

北海孔融當時正在許都，他聽說這件事以後去找曹操，說了半天，總之意思是楊彪品德很好，何錯之有啊。曹操沒有話說，被堵得翻白眼，半天才回一句：「這是朝廷的意思。」

曹操被孔融問得沒有辦法，只好免除了楊彪死罪，叫楊彪回家種地去。殊不知孔融的咄咄逼人，讓曹操記下了，也爲曹操後來迫害他埋下了禍端。

狗拿耗子
多管閒事！

議郎趙彥見曹操專橫跋扈，實在看不下去。於是啟奏皇上曹操假傳聖旨，欺君罔上。曹操一看大怒，就說趙彥私通袁術，把他給殺了。滿朝文武都非常害怕曹操的兇殘。唉，這真是走了董卓豺狼，又來曹操這麼一個猛虎啊。

你們別看我臉上笑，
朕的苦水一肚子！

趙彥
私通袁術。

逆賊，我跟袁術
八竿子都打不著，
你誣陷人都不換招數！

趙彥

許田圍獵

曹操的謀士程昱獻策給曹操，讓曹操趁熱打鐵，叫漢獻帝退位算了。然而曹操跟董卓、李傕和郭汜不一樣，他仔細想了想，覺得朝廷裡支持皇上的重臣不少，這麼著急不行。

心急吃不了熱豆腐啊！我請天子出去打獵，試探試探！

程昱

說做就做，曹操立刻挑選良馬、名鷹、俊犬，備足了弓箭，聚兵城外。接著就去請天子打獵了。

走吧，打獵去！

打獵不是什麼正事……

不打獵才不是正事！

那……

漢獻帝沒有辦法，只好硬著頭皮上鑾駕出城。劉備和關羽張飛也都彎弓插箭，跟隨大部隊一起去打獵。

漢獻帝一直想接近劉備，於是提議叫皇叔射獵。劉備領命上馬，看見草叢中有隻野兔正蹦跳著，立刻出手，一箭射中。漢獻帝大喝了一聲彩。

皇叔神武！

皇上跟大哥很親近呢。

嗯。

轉過土坡，忽然荊棘叢中跳出一隻大鹿來。漢獻帝彎弓搭箭，三箭發出，都沒有射中。

曹操在邊上看熱鬧，見漢獻帝三箭未中，跟著著急。漢獻帝叫曹操射獵，曹操也沒客氣，跟漢獻帝要了弓箭，扣滿射出，正中鹿背。群臣將校，見是皇上的箭射中的大鹿，都沒有想到是曹操射的。於是齊呼萬歲。

將校群臣沒有看清楚，還算情有可原，可恨的是曹操竟然縱馬直出，享受這天子之禮！漢獻帝訕訕地躲在後面。劉備身後的關羽卻已經氣得怒髮衝冠。

看曹操欺君罔上，在那享受天子禮遇的樣子，關羽實在忍無可忍，提著青龍偃月刀，拍馬而出，要砍曹操。劉備看見，趕緊制止。

劉備欠身稱賀，誇讚曹操好箭法。曹操挺得意，竟然
弓箭也不還給漢獻帝，自己懸帶拿走了。

漢獻帝內心鬱悶，也沒有一個能說真心話的人，曹操
一直跟在附近，和劉備說話也不方便。

衣帶血詔

回到宮中，漢獻帝見到伏皇后，眼淚劈里啪啦地掉了
下來。

漢獻帝的老丈人伏完給漢獻帝出主意，說國舅車騎將
軍董承可以出面聯繫討伐曹操。

漢獻帝趕緊做了一個密詔，咬破手指尖，寫了一封血書。伏皇后把血詔縫在錦袍玉帶紫錦襯內。

漢獻帝趁著曹操不在，宣董承來見。董承知漢獻帝不容易，君主不敢多說，漢獻帝把錦袍賜給董承。

董承辭別漢獻帝，急匆匆下朝。沒想到，早有人通知
了曹操。曹操迎面堵住了董承。

曹操堵著董承刨根問底，像審問犯人一樣。董承心裡
咚咚打鼓，表面上還得裝作若無其事。

曹操不由分說，把漢獻帝賜給董承的錦袍給脫了下來。
曹操看了半晌，也沒有發現可疑的地方，於是就對著
太陽晃著看。

丞相，您是在看
防偽標記嗎？

倒是沒啥毛病。

那就還給我吧

曹操自己把錦袍穿了起來，問左右長短大小如何。左
右都答非常合適，董承心裡慌了。

你看我穿著挺合身的，給我吧。

啊，丞相喜歡，就……就拿去吧……

我跟你鬧著玩呢，安檢通過，
還給你吧。

嚇死寶寶啦！

董承嚇得出了幾身冷汗，才從曹操這過關。回到家裡以後，董承仔細研究這錦袍的祕密來。看了好幾遍，也沒啥問題啊。

我查了半宿，愣是沒找著祕密藏在哪。

董承也是佩服漢獻帝，明明就是有祕密，但是瞪大眼睛就是破譯不出來。看到後半夜實在看累了，於是起身走走，卻不小心弄倒燈盞。火花燒到了錦袍，正好燒破一處，隱隱露出字！

皇上比間諜都厲害，都是叫曹操老賊給逼得啊！

董承趕緊打開細看，終於發現了漢獻帝的求救血書。不覺得淚如雨下。血書寫道：「朕聞人倫之大，父子爲先；尊卑之殊，君臣爲重。近日操賊弄權，欺壓君父；結連黨伍，敗壞朝綱；敕賞封罰，不由朕主。朕夙夜憂思，恐天下將危。卿乃國之大臣，朕之至戚，當念高帝創業之艱難，糾合忠義兩全之烈士，殄滅奸黨，復安社稷，祖宗幸甚！破指灑血，書詔付卿，再四愼之，勿負朕意！建安四年春三月詔。」

這可怎麼辦啊？

董承流淚看完漢獻帝藏於錦袍內的血詔，一夜也沒睡著，自己一個人如何討伐逆賊，救皇上於水火啊。直到早上去書院，董承還是反覆看著漢獻帝的血詔，看一遍哭一遍。

董承就這樣伏在案上不知不覺睡著了。這時侍郎王子服來到書院，無意中看到了血詔，便把血詔拿走，再把董承喚醒。董承醒來不見血詔，驚得魂不附體。

聽王子服這麼說，董承才放心。兩個人一起再看漢獻帝的血詔，又哭了一場。兩個人想，人多好辦事，於是就分別去聯繫可以一起抗曹的人，先找來了西涼太守馬騰。

馬騰一說劉備的名字，大家都疑惑。那劉備現在可跟著曹操呢，他能跟咱們一起討伐逆賊曹操嗎？馬騰一笑，說出了他的看法。

那天打獵，曹操欺君，關羽挺刀要殺曹操，被劉備制止。

還有這事？

這事被我犀利的小眼睛給捕捉到了⋯⋯

第二天晚上，董承揣著漢獻帝的血詔，去劉備住的公館拜訪。

歡迎歡迎，熱烈歡迎！

劉備把董承請到內室後，董承拿出漢獻帝的血詔。劉備看了後悲憤交加。

做吧，我把你也列入鐵血鋤奸隊祕密成員名單裡。

劉備不勝感慨，看了董承拿來的義狀，上面已經有了六位義士的大名。劉備也簽上自己的名字，並且囑咐董承一定要多加注意，小心別走漏了風聲。

董承，王子服，吳碩，馬騰……

一定得等到時機成熟！

青梅煮酒

這段時間劉備待在公館裡其實也不好過。他一直在防備曹操加害。為了不叫曹操起疑心，他就在後園種菜。關羽和張飛有點看不懂，覺得大哥墮落了。

二弟三弟，你們說紫茄子好吃還是綠茄子好吃？

大哥這是要長期深耕生活？

一天，劉備正在後園澆菜，許褚、張遼帶著數十人來找他。

你們猜，我抓的這青蟲是公還是母？

不是公就是母！

皇叔，丞相找你，跟我們走一趟吧。

許褚

張遼

劉備還來不及招呼關羽和張飛，便跟著兩位大將去了
曹操府上。劉備一聽曹操開口便嚇得面如死灰，只能
嗯嗯啊啊支吾一下

劉備這才放心，知道自己跟董承密謀大事並未露餡。
這時曹操領著劉備到梅林。

去年征討張繡，路上無水，將士飢
渴，我就心生一計，用鞭子一指前
面說，前面有梅林……

哦，丞相真看到前面的梅林了？

哈哈，哪有什麼梅林，軍士一聽，
嘴裡就有唾沫，硬是撐了過去。

望梅止渴，丞相妙招！

曹操聽劉備的誇讚哈哈大笑，兩個人來到小亭。這裡已經擺上方桌，盤裡裝著青梅，一樽酒。兩個人對坐，開懷暢飲。

喝了一會兒酒，天上烏雲密佈起來，眼看是暴雨要來的樣子。

玄德見多識廣，一定知道誰是當世英雄。

過分謙虛就是驕傲。

丞相，劉備肉眼凡胎，怎麼能夠知道誰是英雄。

劉備拗不過，只好試探著說說看。

淮南袁術兵多將廣，糧草充足，可為英雄？

他——不過是家中枯骨，不值一提！

劉備接連說了好幾個人，都被曹操一一否定不是英雄。

劉備一看，實在是說不出來人名了。

曹操說：「英雄就是胸懷大業，腹有良謀，這普天下除了你和我還能有誰啊？」劉備一聽吃了一驚，手中的筷子掉到了地上。幸虧天上打了一個雷，遮掩住了劉備的慌張。

玄德怎麼了？

啊，天上打雷，嚇我一跳，筷子掉地上了。

曹操聽劉備這麼說，笑哈哈地繼續喝酒。

巧藉聞雷來掩飾，隨機應變信如神。

再說關羽和張飛回到公館，發現劉備不在後院。一打
聽才知劉備被許褚和張遼帶走了，嚇得大驚失色。

關羽和張飛提著寶劍殺了進來。曹操的護衛都阻攔不
住，兩人衝到跟前，一看劉備和曹操開開心心的喝酒
呢。張飛有點傻住，幸虧關羽反應快。

曹操很是高興，就叫二人舞劍。張飛也沒有準備，剛剛開始舞，就摔了一屁股。

散席回到公館，兄弟三人唏噓感歎，眞是虛驚一場啊。劉備把事情前因後果說了，關羽和張飛都誇讚劉備隨機應變的能力了不起。

縱虎歸山

這一天，曹操又請劉備喝酒。有人報公孫瓚被袁紹大軍給滅了，公孫瓚被殺。袁術和袁紹兄弟和好，袁術要把傳國玉璽交給袁紹。劉備聽了後心裡悲憤，他跟公孫瓚本就是老同學，還聽說趙雲趙子龍不知去向。

> 丞相，我願意帶兵去阻止袁術。

劉備自告奮勇去徐州阻擊袁術，曹操大喜。

> 玄德早日凱旋。

> 我還是早點溜吧。

劉備辭別漢獻帝，漢獻帝哭著送皇叔。劉備又見了董承，跟董承商量討伐曹操不能著急。

曹操的謀士郭嘉和程昱回來，聽說曹操把劉備放出去了。他們趕緊告訴曹操，這可不行，放走劉備等於放虎歸山。

那我派許褚把他給追回來。

他若不回，必有二心。

程昱

郭嘉

許褚帶兵追上劉備，請劉備回去。劉備告訴許褚，將在外，君命有所不受。這真是一日縱敵，萬世之患，曹操這一次可真是失算了。

你吃完飯自己回去吧。

誰回去誰是笨蛋！

你還愣著幹啥？

撞破鐵籠逃虎豹，
頓開金鎖走蛟龍。

夏侯淵的侄女居然是張飛的老婆？

夏侯淵是曹操帳下的猛將，張飛是劉備的兄弟，兩人原本各為其主，是如何產生親戚關係的呢？根據《三國志》引注《魏略》記載：「初，建安五年，時霸從妹年十三四，在本郡，出行樵采，為張飛所得。飛知其良家女，遂以為妻，產息女，為劉禪皇后。」

打來打去原來都是一家人。

跟叔叔喝杯酒。

就是說在西元 200 年，劉備勢力盤踞在汝南、譙縣一帶，當時張飛進山砍柴，結識一位在山野玩耍的民女，便把她帶回家，娶她為妻。這位女子便是夏侯淵的姪女，因為有這一次婚姻關係，夏侯淵也成了張飛的叔叔。夏侯夫人嫁給張飛之後，生了兩個女兒，都分別嫁給了劉備的兒子劉禪。由此看來，蜀漢和曹魏雙方的確存在著剪不斷、理還亂的親戚關係。

歷史上劉備是否是皇叔？

　　小說《三國演義》裡，劉備在許都面見漢獻帝。漢獻帝為了尋找一位能和曹操抗衡的英雄，於是翻閱族譜，得知在輩分上劉備是自己的叔叔，於是稱呼劉備為「劉皇叔」。因為小說影響巨大，「劉皇叔」也成了劉備的別稱之一。但我們翻閱史書會得知，漢獻帝並沒有認劉備為叔叔，而且根據《三國演義》描述的族譜，劉備還是漢獻帝的晚輩呢。

根據羅貫中提供的族譜，我是你的長輩才對。

哼，小說害人不淺。

　　《三國演義》尊蜀漢為正統，羅貫中為了增加劉備一方的正當性，將劉備稱為「皇叔」，這是小說家之言，並不是史書記載。不過歷史上的劉備雖然不是皇叔，卻也是名副其實的「漢室宗親」。《三國志・先主傳》記載劉備「漢景帝子中山靖王勝之後也。」

雖然不是皇叔，但我是貨真價實的漢室宗親。

　　這個中山靖王劉勝就是西漢皇帝漢武帝的兄弟，劉勝生了一百二十多個兒子。到了東漢末年，經過一百多年的後代繁衍，子孫眾多，劉備便是其中的一員。三國群雄爭霸，很多敵對勢力都給劉備潑髒水，但從沒有人質疑過劉備「漢室宗親」的身份。漢末三國，有皇家血脈的漢室宗親眾多，但只有劉備打起了「復興漢室」的旗號，建立蜀漢政權，延續了漢家血脈。

興復漢室，復我炎劉。

屯田制

上文說到，漢末三國時期連年征戰，糧食的消耗量很大。為了保護糧食，政府除了會禁酒，還會鼓勵農耕。在開墾農田方面，曹操所行使的屯田制，在當時極大緩解了糧食需求的壓力。

曹操將漢獻帝挾持到許都之後，聽從謀士棗祗、韓浩的建議，在許都開墾屯田。參與屯田的成員，主要分為兩大類。第一大類是士兵，這群士兵在戰時拿起武器上戰場打仗，等到閒時就拿起鋤頭來耕地，可謂是亦戰亦耕，兵農合一。

第二大類是流民，這群流民因為戰爭動亂，失去了土地。曹操便將他徵集過來，鼓勵流民去開墾荒田，這樣既能增加糧食產量，又能讓流民的安家立業，維護社會穩定。「屯田制」的實行，是曹操統一北方的強大後盾。

其實早在曹操之前，就有罪犯開墾和軍隊屯田的先例。在漢文帝時期，就命令罪犯和奴隸去邊塞開荒。罪犯本是戴罪之身，通過這個機會正好能將功贖罪，勞動改造。在漢武帝時期，大將趙充國提出了「以兵屯田」的主張，讓士兵們在邊陲開荒墾田。雖然當時開墾範圍很小，但給後世曹操軍屯，提供了參考經驗。

勞動改造，將功贖罪。

亦戰亦耕，兵農合一。

在曹操之後，諸葛亮也頒佈了屯田的政令。為了緩解蜀漢北伐的壓力，諸葛亮下令屯田，至今漢江谷地丘陵地帶，還留有諸葛亮當年屯田的遺跡。中國古代眾多「屯田」舉動，都印證了一個道理，那就是兵馬未動，糧草先行。自古民以食為天，讓老百姓吃飽飯，才是亂世稱雄的決勝因素。

沁園春·夢孚若

何處相逢，登寶釵樓，訪銅雀台。喚廚人斫就，東溟鯨膾，圉
人呈罷，西極龍媒。天下英雄，使君與操，餘子誰堪共酒杯。車
千乘，載燕南趙北，劍客奇才。

飲酣畫鼓如雷。誰信被晨雞輕喚回。歎年光過盡，功名未立，書
生老去，機會方來。使李將軍，遇高皇帝，萬戶侯何足道哉。披
衣起，但淒涼感舊，慷慨生哀。

[宋]劉克莊

「青梅煮酒論英雄」是三國故事中的經典橋段。曹操、劉備兩人，一個旁敲側擊，一個假癡不癲，既展現出爭鋒相對的謀略，又表現出「英雄惜英雄」的感慨。於是這成為一個著名典故，被大家津津樂道。

很多詩人將該典故寫入詩詞，最著名的就是宋代劉克莊的〈沁園春·夢孚若〉。他在詞中寫到：「天下英雄，使君與操，餘子誰堪共酒杯。」就是說，這杯青梅酒只有曹操和劉備這樣的英雄，才配暢飲，其餘人等不足為數。

這闋〈沁園春·夢孚若〉是一首懷念故友的悼亡詞。作者引用了曹操和劉備「青梅煮酒」的典故，既抒發了對故友的懷念與感慨，又展現出自己想要建功立業的抱負，是宋代豪放派詩詞中的佳作。

第 3 章

身在曹營心在漢

曹丞相招降關羽

漢獻帝是東漢最後一個皇帝，他這個皇帝當得窩窩囊囊。不但吃喝犯愁，還要受很多人的氣。本以爲曹操是依靠，誰想到曹操更加變本加厲。

吃喝都還是小事，朝中大事小情也都是曹操說得算。爲了自救，漢獻帝寫血詔交給董承等人。不想還沒湊夠人收拾曹操，事情就敗露了。曹操殺了董承等五人及他們的家人。董妃是董承的妹妹，因此曹操手持寶劍親自前來誅殺。

漢獻帝欲哭無淚。眼睜睜看著曹操叫武士把董妃帶出去勒死了。

曹操雖然把董承等人殺了，但是按照那份血詔名單，還有馬騰和劉備也參與了謀劃，曹操決定一個都不能放過。

曹操率領大軍討伐劉備，所到之處勢不可擋。當夜就取了小沛，進兵徐州。徐州很快失守。劉備敗走，投奔了袁紹，與關羽和妻小失散。

關羽在下邳♦保護著劉備的妻小，死守城池。曹操的謀士們出主意，建議快速佔領下邳，以防關羽也投靠袁紹。曹操喜歡關羽的武藝和為人，想把關羽降服。

程昱出的這計謀叫裡應外合。他們把徐州降兵召集起來，叫他們去下邳做內應。

這些降兵各個演技高超，他們蜂擁著投奔關羽而來。
關羽也是馬虎大意了，沒多想讓這些人進城。

都挺
不容易的。

接著夏侯惇（ㄉㄨㄣˋ）領兵前來挑戰，關羽引三千人馬出城迎
敵。夏侯惇不戀戰，戰了十多個回合就走。關羽在後
面追趕。

哪裡走？

哪裡涼快往
哪裡走。

夏侯惇

關羽追趕下去，結果中了曹操的計謀。曹操派出幾名
大將前後夾擊，關羽面無懼色，力戰群雄。可是回城
的退路被阻擋住了，關羽心裡著急。

哎呀呀，嫂嫂可
怎麼辦啊！曹操
真是個老滑頭！

關羽被困在土山回不去城，那些混進下邳的降兵趁機
開城把曹兵引了進來，下邳失守。曹操出了個鬼主意，
叫人放火，使得不明真相的關羽更加著急。

我現在就是那
熱鍋上的螞蟻……

關羽被困在山上，忽然看見一匹戰馬衝上山來。近前細看認出了馬上的戰將是張遼張文遠，關羽馬上警惕起來。

關羽一聽挺高興，兩人在山頂聊天。張遼把下邳城裡的狀況如實跟關羽說了，張遼說劉備和張飛現在生死不明，曹操把下邳城給占了，但是沒傷害老百姓。劉備的家眷也沒受騷擾，都是以禮相待的。

關羽視死如歸，張遼卻大笑著說出了關羽的三宗罪，
驚出了關羽一身汗。

我為忠義而死，怎麼會有三罪？

劉關張結義時說同生共死。你先死，不就
違背誓言了？這是第一條罪。劉使君將家
眷託付於你，你死了，兩位夫人怎麼辦？
這不是辜負了囑託？這是第二條罪。你武
功超群，並且精通文史，不想著與使君一
起幫助恢復漢室的江山，只想自己去赴湯
蹈火，展現自己的匹夫之勇，這也並不符
合正道。這是第三條罪。

哎呀呀，一語驚醒夢中人！

關羽聽完張遼的話，感覺很有道理。緊接著，張遼又
爲關羽出主意。

現在四面八方都是曹公的
兵馬，你若不降，必死且毫
無益處，還不如先投降；

但是偷偷打聽劉使君音信，
等知道在哪再去投奔他。

這張遼不但武藝好，嘴皮
子工夫也十分了得啊！

這樣一來
可以保全二位夫人，
二來不違背桃園之
約，三來也不用白
白去死。

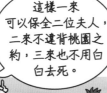

為忠義暫投曹營

關羽聽完張遼的主意，說可以投奔曹操，但提出了自己的三個條件。

第一，我與皇叔發過誓，共扶漢室江山，所以我投降只降漢，不降操。

第二，不准騷擾兩位嫂夫人，還得給我付薪水供食宿。

張遼聽完關羽所說的三個條件，趕緊快馬加鞭去跟曹操彙報。

第三，雲長說只要知道劉皇叔在哪裡，不管多遠，他馬上就去找哥哥去。

嘟！不行！那我要他何用啊？

曹操聽張遼這麼說，當場就不高興了。張遼趕緊勸說。

曹操一聽大喜，答應了關羽的三個條件。張遼跟關羽
說了，關羽要求曹軍退後三十里，再領兵進入下邳城。
果然如張遼所說，人民安安，二位嫂夫人也安然無恙。

關羽去見曹操，曹操大喜。曹操雖然嘴上答應，其實心裡恨不得永遠沒有劉備的消息才好呢。那樣既把劉備給滅了，還收穫了一員俠肝義膽的猛將關羽。

> 我要是知道皇叔在哪裡，馬上就走。

> 好！

關羽拜謝，曹操班師回許昌。關羽收拾行裝，請二位嫂夫人上車，關羽親自護送。

這個曹操心思挺壞，關羽一行夜宿驛館的時候，曹操故意安排關羽跟嫂夫人共處一室。沒想到關羽一晚上站在屋外，毫不懈怠。

事情傳到曹操耳朵裡，曹操更加佩服。跟關羽比起來，曹操自嘆不如。

自從到了許昌，曹操三天兩頭就宴請關羽，還送了很多金銀財寶，這些關羽都不喜歡。曹操還選了美女十人，也送給了關羽。關羽轉頭就把美女送給二位嫂夫人，叫她們伺候嫂子。曹操得知以後，嘆服關羽的為人。

你們說雲長跟錢有仇嗎？

有一天，曹操看見關羽穿的綠色戰袍舊了，就量身定做一套華美的戰袍給關羽。沒有想到關羽穿上新的，仍然把那件舊的戰袍罩在外面。

不行，舊戰袍是皇叔所贈，不能喜新厭舊啊！

雲長，勤儉是一個傳家寶！

曹操聽了關羽的話，雖然嘴上誇讚，心裡卻也不高興。

二位嫂夫人不知道劉備的生死訊息，經常哭泣。關羽
嘴上安慰，內心焦急萬分。無奈山高水遠，打聽不到
劉備和張飛的消息。

跟曹操喝酒的時候，關羽也表現得很苦悶。曹操對關
羽關心得無微不至，甚至發現關羽的鬍鬚很長容易斷，
就吩咐用紗錦做囊，保護關羽的鬍鬚。

丞相吩咐了，
必須要以工匠精神
做紗錦囊。

漢獻帝見了關羽如此模樣，很是好奇，就問關羽爲什麼胸前懸掛一個紗錦囊。關羽打開給漢獻帝看，漢獻帝頓時被關羽的美髯[男]吸引。於是，關羽的「美髯公」稱謂傳了出去。

曹操看見關羽的戰馬瘦了，於是就叫人牽來另一匹馬。關羽一看非常高興，原來這匹馬是當年呂布騎的赤兔馬。關羽欣然接受，馬上拜謝。

曹操很鬱悶啊，自己待關羽不薄，怎麼這塊石頭就焐不熱呢？

這日子啥時候到頭啊？

丞相，心急吃不了熱石頭……啊，心急吃不了熱豆腐。

奸相枉將虛禮待，豈知關羽不降曹。

張遼去關羽那打探情況，關羽說了實情。他跟劉皇叔情深似海，卽使得到劉備的死訊，他也要跟隨而去。

唉，丞相這下心算是徹底涼了！

斬顏良、誅文醜

話說關羽這邊思念劉備，劉備在袁紹那裡也日夜想著兄弟和妻小。

玄德，你乾了。

鯉總兵

心情不好，吃喝不下啊。

袁紹起兵討伐曹操，大將顏良有萬夫不當之勇，他作為先鋒官，先跟曹操大軍交鋒。

曹操命令大軍迎戰，雙方展開廝殺。誰想到曹操的大將宋憲和魏續出戰，都被顏良刀砍馬下。

曹操見損失二將，而顏良勢不可擋，心裡焦急不知道
怎麼辦。謀士程昱出主意，叫關羽出戰。

劉備在袁紹那呢，
叫關羽去把顏良宰了，這樣袁紹
就得怪罪劉備。袁紹要是把劉備
殺了，那關羽就不會想走了。

是哈，這真是
一箭好幾雕……

曹操請關羽去戰顏良，關羽提刀上馬，奔下上來。關
羽鳳眼圓睜，蠶眉直豎，奔顏良而去。顏良還在想要
跟關羽聊什麼呢，赤兔馬就已經飛奔到了眼前。

怎麼這麼
快？

顏良還沒說話，關羽已經一刀就把顏良殺了。袁紹的
兵馬全都傻眼，眼睜睜看著關羽拎著顏良的人頭飛奔
而去。

曹操見關羽如此威猛，高興得不行。

這邊曹操爲得勝的關羽慶祝，那邊袁紹是氣憤不已、放聲大哭。

是誰把顏良將軍腦袋拿走了？

劉備他弟弟關羽。

袁紹一聽顏良是被劉備的二弟關羽給殺了，鼻子都氣歪了。

劉備，你可真夠意思，你吃我的喝我的，你二弟還宰我的愛將！

劉備一聽，不慌不忙地跟袁紹解釋。

袁紹是一個沒有主見的人，馬上覺得劉備說得有道理。
帳下大將文醜聽說好兄弟顏良被殺，氣得不行，領命
要去征討曹賊。劉備心裡歡喜，也請命帶軍前去。

關羽殺了大將顏良，曹操更加喜歡。上表奏請漢獻帝，
封關羽為漢壽亭侯，鑄印送給關羽。

聽說文醜率軍渡過黃河，關羽再次請命。

文醜殺到，曹操大將張遼和徐晃迎戰。這兩員大將可不是等閒之輩，但都不是文醜的對手，被打得落花流水。

眼瞅著文醜要收拾張遼和徐晃，關羽拍馬趕到。

是你殺的我大哥啊？

你大哥是誰殺的我不知道，我就知道現在要殺你的人是我！

哎呀，長鬍子，你太能吹了。

你不但長得醜，嘴還硬。

文醜和關羽站在一處，不出三個回合，文醜被關羽一刀砍死。

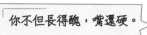

還嘴硬嗎？

關羽這邊力斬了文醜，遠處的劉備則看見了關羽的大旗。

袁紹率領大軍到了官渡，聽說文醜又被曹操的兵馬殺了，袁紹氣得又哭了一場。

袁紹對著劉備發火，還說要殺了劉備。

劉備笑了。袁紹不知道劉備爲什麼發笑。

 你笑啥？

本初你多聰明一個人啊，又中曹操的計了。

 再編，你繼續編。

曹操這是利用反間計，叫咱倆互相爭鬥。

問題是你二弟真把我倆愛將給宰了啊？

 那好解決，我給二弟寫信，叫他回來保你，他一個人能頂你入個顏良文醜。

 等一下，我從頭順一下這邏輯……

袁紹的耳朵根子就是軟，聽劉備這樣一分析，感覺有
道理。於是，劉備寫了一封信給關羽。

對，叫他過來，
我既往不咎。

劉備這封書信到了關羽的手上，關羽展開一看，劉備
的信字字椎心，關羽放聲大哭。

備與足下，自桃園締盟，誓以
同死。今何中道相違，背以
義？君火欲取功名，割恩斷
言，死待來命！書不盡，
願獻備首級以成全功，圖富貴，

關羽讀完信後，知道了劉備在袁紹那裡，馬上就要出發，可是曹操不見他，關羽左等右等，失去了辭行的耐心，於是直接把曹操賞的金銀財寶都留下封存，漢壽亭侯的大印掛在堂上，把美女們也打發走，就帶著兩位嫂夫人上路了。

將軍，我們怎麼辦啊？

從哪裡來就回到哪裡去，關某要走了！

張遼趕緊報告曹操，說關羽帶著兩位嫂夫人走了，曹操真是心痛啊。

張遼，什麼情況啊？

丞相，那塊石頭沒等焐熱呢，自己飛了！

關羽究竟有沒有斬顏良誅文醜？

「斬顏良誅文醜」是《三國演義》裡烘托關羽個人武力的名場面，那麼歷史上有沒有這麼一回事呢？翻閱史書我們會得知，「斬顏良」確有其事。

《三國志·關羽傳》記載：「羽望見顏良麾蓋，策馬刺良於萬眾之中，斬其首還，紹諸將莫能當者，遂解白馬圍。」這就是關羽斬顏良的最有力的史料，小說《三國演義》也是根據這條史料進行藝術刻畫的。但史料中關於「文醜之死」的記載，卻和《三國演義》不同。

《三國志·武帝本紀》記載：「時騎不滿六百，遂縱兵擊，大破之，斬醜。」由此可知，文醜並不是被關羽所殺，而是死於亂軍之中。羅貫中為了刻畫關羽的武勇，就讓關羽斬完顏良之後，又殺了文醜。

「誅文醜」雖然不是事實，但這並不能抹殺關羽的個人才能。要知道，在歷史上這種百萬軍中取上將頭顱的事情，並不多見。單就一條「策馬刺顏良」的記載，就足以證明關羽的非凡武力了。

我才不是你殺的呢。

斬完顏良，又殺文醜。這叫好事成雙。

關羽為什麼是財神?

在民間信仰中,將關羽尊為「武財神」,但我們翻閱關羽平生所有的資料,都和「財」沒有半點關係,那為什麼要將關羽視為「財神」呢?這就不得不說說關羽的老鄉——晉商。

老鄉啊!

老鄉見老鄉,兩眼淚汪汪。

XX會館

在明清時期山西商人遍佈五湖四海,每到一處都會修建會館,供商旅歇息。會館當中都會供奉本地的名人,關羽是山西解州人,又是民間廣為稱頌的英雄,於是變成了晉商會館中供奉的不二人選。晉商敬關羽,久而久之關羽便和「財神」劃等號了。

另外,關羽義薄雲天,千金一諾的品格,被晉商們推崇,成為誠信經商的象徵。因此在百姓心裡,關羽就成了「武財神」。

萬人敵

「萬人敵」一詞，顧名思義就是說一個人能打一萬個人。要知道在史料記載中，中國古代最高的個人斬敵數也就幾百人。「萬人敵」很顯然是一種誇張的說法，是形容一個人武力過人，雄壯威猛。在史書中，第一次出現「萬人敵」這個詞語，是關於項羽的記載。

根據《史記・項羽本紀》記載，項梁教導項羽學藝，項羽說：「書足以記名姓而已。劍一人敵，不足學，學萬人敵。」意思是：「學習寫字，只能記住姓名。學習劍術只能打敗一人，不值得學習，要學就學能打敗萬人的本領。」在這段話裡，「萬人敵」特指兵法，項羽立志要在戰場指揮千軍萬馬。因此看不上只會舞文弄墨的書生和逞匹夫之勇的武夫，於是項梁就教導項羽學習兵法了。之後項羽在巨鹿之戰中，破釜沉舟，九戰九捷，消滅秦軍主力，的確不負當年「萬人敵」的志願。

不當武夫，要讀兵書。

到了漢末三國時期，「萬人敵」的詞意發生了變化。陳壽在《三國志》中評價關羽和張飛「皆稱萬人之敵，為世虎臣。」這裡的「萬人敵」不是指兵法的意思，而是指一個人武力過人，這也是該釋義，在歷史上的第一次出現。

在三國時期，「萬人敵」一詞就是關羽和張飛的專屬名詞，魏國的謀士郭嘉、程昱、傅幹都以「萬人敵」來評價關羽和張飛。由此可見，關張兩人在歷史上的確是絕世虎臣了。從此之後，只要是絕世猛將，人們都會稱他們為萬人敵，比如十六國的鄧羌、張蠔。南北朝的魯爽、斛律光。隋朝的裴行儼、薛仁杲。唐朝的李晟等人。

在冷兵器時代，英勇威猛的統帥，可以帶動士氣，扭轉輸贏，所謂「千軍易得，一將難求」，便是這個道理。

三國成語詩詞

季漢輔臣贊
——讚關雲長、張翼德

> 關張赳赳，出身匡世。
> 扶翼攜上，雄壯虎烈。

　　這兩句關於關羽、張飛的讚歌，出自〈季漢輔臣贊〉。自三國結束後，歷朝歷代都有讚美三國英雄的詩歌，但〈季漢輔臣贊〉不一樣。這一組詩歌是三國同時代人，蜀漢大臣楊戲所作一組對蜀漢歷代君臣讚美及評價的作品。陳壽在寫《三國志》時，直接將這組〈季漢輔臣贊〉收錄，算是直接肯定了這一作品的文學價值與史學價值。

寫一首詩歌，拍一拍我家主公的馬屁。

這馬屁拍的好，趕快收錄在史書裡。

　　從這一組詩的人物順序，也能看出當時蜀漢政府成員等級的排序。在〈季漢輔臣贊〉中，排第一位的臣子是丞相諸葛亮，諸葛亮當時總攬軍政大權，深受劉備父子器重，自然排第一名。排第二位的是司徒許靖，他是漢末名士，士子代表，很有威望，所以排第二名。這排第三位的，就是關羽和張飛了。

　　關羽和張飛從劉備起家時，就跟隨左右，不但才能突出，還勞苦功高。其中的〈關羽張飛贊〉，先是讚揚了兩人才能卓越，然後突出兩人對蜀漢的功績，最後對兩人身死而亡感到惋惜。這首詩也首次將關羽和張飛並稱，從此之後，「關張」一詞成了猛將的代表，形成了「漢後稱勇者，必推關張」的說法。

　　〈季漢輔臣贊〉裡「季漢」一詞，是為了突出蜀漢政府的正統性。之前劉邦建立西漢，劉秀建立東漢，按照「伯仲叔季」的排序，季有末的意思，劉備將自己建立的政權成為「季漢」，是為了表明自己建立了最後的漢朝，並且和兩漢是一脈秉承。

第 4 章
千里走單騎

曹丞相送關雲長

關羽掛印封金而去，曹操非常惋惜。心裡像打翻了調味瓶，苦辣酸甜鹹，啥滋味都有。

> 丞相，我追上去，一個回合咔嚓就把他給剁了。

蔡陽

謀士程昱也勸曹操，關羽此去要是投靠袁紹，恐怕對我們不利。曹操搖頭。

> 雲長義薄雲天，不忘故主，是真丈夫。咱們去送送他吧。

> 哎呀，跟他這種人還廢話，我一個回合咔嚓把他剁了！

關羽所騎赤兔馬有日行千里的本事，可是要護
送二位嫂夫人的車仗隊伍，行動緩慢。這樣一
來，曹操等人就容易追上了。

雲長休要誤會，
丞相前來相送。

你什麼意思？

曹操帶著十多個人騎馬趕到。關羽操起大刀橫立於橋頭，關羽見曹操等人手中都沒有兵器，這才放心。

雲長，這麼著急幹嘛？

丞相，先前咱們約好，只要有劉皇叔消息，關某即刻起身。前幾次去府上找您，您都拒不接見。

曹操命令人拿了金子和錦袍送與關羽。關羽生怕曹操
使詐，就不下馬，用青龍刀挑起錦袍披於身上。

望著關羽遠去的背影，曹操搖頭歎息。

再說關羽一行車仗繼續前行，關羽把曹操贈送錦袍一事，跟二位嫂夫人說了。天色漸暗，一行人決定在一村莊安歇。

莊主鬚髮斑白，聽說關羽是劉玄德的二弟，非常高興。經過攀談，得知莊主叫胡華。胡華有一兒叫胡班，在滎陽太守王植部下當差。得知關羽要從滎陽經過，胡華休書一封，請關羽捎給小兒。

✿ 過五關，斬六將 ✿

次日用完早餐，關羽請二位嫂夫人上車，奔洛陽而來。
前面有一東嶺關，把守大將叫孔秀。

聽軍士報稱關羽來到，於是出關相迎。關羽下馬，與
孔秀施禮。

將軍去哪？

我離開丞相，要去河北尋找兄長。

哦？河北袁紹是丞相的死對頭，
你必須得有丞相的文書！

......

孔秀一聽關羽沒有通關文書，馬上拿出一副公事公辦的姿態來。

兩個人話不投機，關羽大怒。孔秀退入關內，鳴鼓聚軍，披掛上馬，重新殺下關來。關羽也不搭話，兩馬相交，只一個回合，關羽一刀把孔秀斬於馬下。

見孔秀橫屍馬下，兵眾嚇得面如死灰，紛紛拜倒求饒。

關羽請二位嫂夫人車仗出關，往洛陽進發。早有軍士
快馬加鞭去通知洛陽太守韓福。

韓福緊急召開會議，商量怎麼應對。

這關羽把顏良和文醜都殺了，咱們打不過他，只能智取。

我先去跟關羽廝殺，假裝敗陣，他肯定追我，你埋伏在暗處，一箭射他落馬。咱們一起上去摁住他……

孟坦

孟坦你這計策真挺好！

這邊剛剛制定好計策，關羽率領車仗已經到了關外。
韓福彎弓插箭，引一千人馬排列在關口。

來者何人？

如若沒有丞相的通行證，誰都別想過去！

漢亭侯關羽，想從此地路過。

關羽一看韓福的態度，就知道一場惡戰在所難免了。

呔！你可知孔秀已經被我砍死？

少嚇唬人，今天就不讓你過去！

按照計策該是孟坦出場了。孟坦掄雙刀來戰關羽，三個回合孟坦就幾乎招架不住。他沒有忘記商量好的計策，敗退引關羽追趕。

哪裡走！

孟坦見關羽追趕，心裡高興，一切都按照自己的計策
來。可是誰想到關羽的赤兔馬太快了，這和計畫不同，
關羽瞬間就追到了孟坦，手起刀落，孟坦死於非命。

躲在暗處的韓福奮力射出一箭，那箭一下子射中了關
羽的左臂！韓福心裡狂喜，雖然大將孟坦把命搭上了，
但是計策實現了。

關羽回頭看一眼韓福，張嘴咬住箭羽，用力拔出。雖然左臂上鮮血直流，關羽仍然飛馬直奔韓福。韓福傻眼了，打馬就逃。關羽從後面趕上，一刀把韓福砍下馬來。

韓福的兵將一看，都嚇得四散而逃。關羽簡單包紮左臂，繼續護送車仗趕路。

計策也挺好啊，到底差哪呢？

匹夫，敢偷襲我！

下一關是汜水關，把關大將是並州人卞喜。他使用的
兵器是流星錘。卞喜原來是黃巾軍餘黨，後來被曹操
降服。

關羽一行到了汜水關，卞喜笑嘻嘻地開門迎接。關羽
一看卞喜這麼客氣，趕緊也跟著寒暄起來。

卞喜邀請關羽到鎮國寺下馬歇息，實際上他偷偷在鎮國寺埋伏了二百餘人，以擊盞為信號，要殺了關羽。

這鎮國寺有一僧人名喚普淨，他是關羽的同鄉。借著獻茶之際暗示關羽。關羽頓時警覺起來，他看到了暗處藏著的刀斧手們。

關羽看出了卞喜有問題，大聲呵斥。

在卞喜的指揮下，埋伏的兵馬衝了出來。關羽掄起大刀，一頓砍殺，死傷無數，餘下的嚇得狼狽逃竄。

卡喜一看氣炸了，掄起流星錘來戰關羽。關羽一刀就
把卡喜殺了，流星錘也飛上了天。

關羽殺了卡喜，救下二位嫂夫人。感謝僧人普淨後，
一行人繼續往滎陽進發。

滎陽太守叫王植，他跟韓福是兒女親家。親家被關羽
給殺了，王植想爲韓福報仇。

不行，不能放
過關雲長，給
我親家報仇！

王植

關羽不知道內情，護送車仗到達關下。王植笑咪咪地
出關相迎。關羽見王植實心實意，也就放鬆了警惕。
跟隨王植入城，到驛館住下。王植叫人好吃好喝招
待，關羽叫人把馬匹餵好，自己也解甲歇息。

還是王植
這人心好。

卻說王植見關羽沒有了戒備，暗自高興。他把從事胡班喊來。胡班趕緊召集人馬，在驛館四周待命。

三更時分，你帶人拿火把，把關羽給我燒死，烤成肉乾沾點佐料，我吃了這廝！

大人口味夠重！

胡班這人好奇心很重,聽說關羽威武震天,也想親眼
看看這位英雄長成什麼樣子。

真乃神人也!

你是誰?

在下胡班。

哦,這有你爹胡華寫給你的家書一封……

關羽把胡華的書信轉交給了胡班。胡班心裡想自己險
些誤害了忠良。

將軍,那王植定
下詭計,今晚就
烤你吃肉!

啊?怪不得我看他
嘴角流口水……

胡
班

關羽聽了胡班的一番話，大驚，趕緊叫醒二位嫂夫人，提刀上馬，急急出城。

行不多遠，那王植率領兵馬追趕而至。

王植挺槍就刺，關羽一刀把王植殺死。

關羽等人到了黃河渡口，正犯愁沒有船隻。把守關隘
的秦琪拍馬趕到。

秦琪縱馬提刀，來戰關羽。二馬相交，一個回合，秦琪的腦袋就搬家了。

看關羽如此神勇，軍士嚇得趕緊撐舟傍岸。關羽請二位嫂夫人上船渡河。就這樣關羽千里走單騎，此時已經過五關斬了六將。

馬行赤兔行千里，
刀偃青龍出五關。

張飛疑關羽

卻說張飛在芒碭山中，住了月餘，因出外探聽玄德消息，偶過古城，入縣借糧。

縣官不肯借糧給張飛，惹火了張飛。張飛就把縣官按住一頓暴打，不但奪了糧食，還把縣官的大印奪了來。

張飛占住城池，有了安身之地。

這一日張飛審案困乏，忽聽關羽帶領車仗到來。

將軍，你二哥來了。

我哪有這樣貪圖富貴的二哥？呀呀呀……

關羽見三弟張飛飛馬趕來，喜不自勝，眼淚汪汪，正在醞釀情緒。不想那張飛豹眼圓睜，倒豎虎鬚，揮舞著丈八蛇矛槍就刺。

沒臉沒皮，背信棄義，我殺了你！

什麼玩意？

關羽愣了，趕緊詢問到底怎麼回事。張飛不依不饒，
依然要跟關羽玩命。

兩位嫂夫人聽外面打得熱鬧，趕緊掀開車簾勸架。

張飛不信二位嫂夫人的話。正吵鬧間，一票人馬趕到，風吹旗號，正是曹軍。

裝，你繼續裝！
你沒少帶幫手啊！

我就是跳進黃河
也洗不清身子了。來的這麼
不是時候，待我宰了
他們給你看看。

張飛擂鼓，關羽迎戰來敵。

追趕的曹軍為首一將是蔡陽，蔡陽本來就不服關羽。秦琪是他的親外甥，聽說被關羽殺了，氣得不行，前來報仇。

關羽和蔡陽打個照面，蔡陽是七個不服八個不忿，一心想把關羽咔嚓了。兩個人縱馬來戰。蔡陽憋足了勁，衝上去要殺關羽，剛到近前，就被關羽一刀砍於馬下。

張飛一看知道是自己誤會了關羽，扔了鼓槌就走。

就這樣，關羽千里走單騎，把二位嫂夫人安全護送回來。後來，劉備從袁紹處來到古城。劉備、關羽、張飛三兄弟重聚一起。同時趙雲和周倉、關平等人也加入劉備集團，劉備大軍的元氣正在逐漸恢復。

三國時期最熱門的暢銷書是《左傳》

　　《春秋》是儒家經典之一，相傳是孔子所作，記載了東周春秋時代的歷史。後來出現了很多對《春秋》的注解，被稱為「傳」，最出名的是《左傳》、《公羊傳》、《穀梁傳》，被後人稱為「春秋三傳」。《左傳》文字優美，簡潔生動，工巧嚴謹，宣揚忠義精神與民本思想，受到人們喜愛。三國時期就有很多英雄人物，對《左傳》愛不釋手，比如魏晉時期軍事家杜預。杜預特別喜歡讀《左傳》，自稱有「左傳癖」，看來是一位瘋狂的《左傳》粉絲讀者了。

　　《左傳》最有名的讀者，當屬關羽。《三國志》記載，東吳名將呂蒙曾評價關羽「長而好學，讀《左傳》略皆上口」，

至今很多關羽的塑像，都手捧《左傳》，秉燭夜讀。關羽一生義薄雲天，是《左傳》宣揚的儒家忠義精神，最好的實踐者。

過五關斬六將的真實性

「過五關，斬六將」是小說《三國演義》裡關羽的個人精彩片段之一。講述了關羽為了去河北尋找大哥劉備，勇闖五座關隘，斬殺曹操六員大將，最後與劉備重逢的故事。小說中這段寫得非常精彩，但在史書中卻是一筆帶過。《三國志》記載：「關羽盡封其所賜，拜書告辭，而奔先主（劉備）於袁軍。」由此可知千里尋兄、掛印封金是真的，過五關斬六將則是小說家虛構的。

羅貫中不但虛構了「過五關斬六將」的情節，還把路線給搞錯了。關羽從許都出發去河北找劉備，最近的路線是一路向北。但在小說中關羽卻向西北方向的洛陽一路直奔，到了洛陽之後，又向東北方向前進，直達黃河岸邊，兜了一個大圈圈，莫非我們的關二爺是路癡？

《三國演義》的成書過程，是根據歷代民間說書人講述話本整理而來。流傳的過程中，自然摻雜著一些常識錯誤。所以，關羽走冤枉路的大鍋，也不能讓羅貫中先生一個人來背。

武聖

中國人對人才的最高定義，經常說文武雙全。在這文武兩科中，古人都分別選出了兩位聖人。「文聖人」就是大名鼎鼎的孔子，孔子是我國春秋戰國時期著名的思想家、教育家。他首開「私學」風潮，提出「有教無類」，讓更多平民子弟有了受教育的機會。在中國古代每座城市都有一座文廟，文廟裡供奉的就是孔夫子。「武聖人」就是我們的關羽了，關於關羽的成聖之路，不像孔子那樣直接，而是經歷了一個漫長的演變過程。

中國最早的武廟建於唐朝，但當時武廟裡的武聖是姜子牙。武廟與文廟禮制相等，孔夫子是文宣王，姜子牙是武成王。文廟的亞聖是孟子，武廟的亞聖是張良。文廟十哲是孔子最優秀的十位學生，分別是顏回、子貢、子路等人。武廟十哲是歷代良將，分別是秦武安君白起、漢淮陰侯韓信、蜀丞相諸葛亮等人。在武廟十哲下面還有武廟六十四名將，如秦將王翦、漢將霍去病等人。值得注意的是，關羽就在這六十四名將當中。

雖然此時的關羽名列古代六十四名將，但距離排在首位的「武聖」還是差一截。以姜子牙作為「武聖」的武廟規制，從唐代到元代一直沒有太大的變化，但到了明代，關羽一躍而成為武聖，主要有三點原因。

　　第一，是朱元璋廢除了官方武廟，但民間對古代英雄名將的推崇之情，並沒有消減。於是民間的關帝廟稱為武廟。第二，受小說《三國演義》影響，關羽的事蹟在民間廣為流傳，婦孺皆知，給關羽增加了不少人氣。第三，晉商文化盛行，讓關羽成為了「財神」。這個在前面已經詳細說過了。

　　受這三點原因的影響，關羽成為了中華武聖。道教推崇他為天尊，佛教稱他為伽藍菩薩，儒教稱他為關夫子。關羽的爵位也一步步升高，關羽生前僅僅是漢壽亭侯，在明代被追為武安王，在清代被封為關聖大帝。民間對關羽的崇拜也涉及各行各業，包括婚喪嫁娶、健康長壽、經商求學等。這都表明了中華民族對忠義精神的追求，對英雄人物的讚揚。「關公文化」成了中華傳統文化中的一個重要元素。

風雨竹詩

> 不謝東君意，丹青獨立名。
> 莫嫌孤葉淡，終久不凋零。

　　相傳，這首〈風雨竹詩〉是關羽所作。關羽身在曹營時，曹操屢次送上金銀爵位。但關羽都不為所動，於是寫下這首詩表明自己心繫漢室，忠於劉備的決心。整首詩關羽以竹自喻，不管在多麼惡劣的環境中，竹葉永遠不凋零。竹子謙遜不爭、潔身自好的品格，正是關羽所追求的。關羽以詩言志，向曹操表明雖然此時委身曹營，但絕不會更改自己的志向。

竹子是綠色，
我也是綠色，
嘿嘿。

　　這首詩雖有很高的藝術內涵，但並不見於正史記載，所以很有可能是後人托關羽之名的作品。不過整首詩所表達出來的情感，與關羽的品格相吻合，因此這首詩也成了「關公文化」中的一個代表元素。在許多武廟當中，經常能看到這首詩以及配畫。

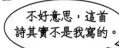

不好意思，這首詩其實不是我寫的。

我們說是你寫的，就是你寫的。

關羽　　　關羽

第 5 章

官渡之戰

❦ 袁曹對峙 ❧

按當時的兵力，袁紹是最強的。可是袁紹跟曹操相
比，存在很多劣勢。比方說袁紹做事常猶豫不定，也
不珍惜手下的人。還有個最要命的缺陷，袁紹這人耳
根子軟，在關鍵時刻總是舉棋不定。

袁紹不重用謀士，經常幹一些幼稚的事。比如，袁紹
讓劉備憑三寸不爛之舌幾次脫險。再比如，他竟然把
足智多謀的謀士田豐給關進了監獄。

曹操挾天子以令諸侯，袁紹心裡也不痛快，於是決定
發兵討伐。田豐是一個敬業的好員工，在獄中還不忘
給袁紹出主意。

袁紹率領大軍出發，只見旌[ㄐㄧㄥ]旗遍野，刀劍如林。到了陽武安營紮寨。謀士沮授給袁紹出主意。

沮授被損，但還是紅著臉繼續分析敵情。

曹軍糧食不多，咱們就跟他耗下去，不出一個月，曹軍必敗！

我軍七十萬，曹軍七萬。你叫我跟他耗？你在想什麼啊？

主公，你得聽我的話啊！

不聽，把沮授給我關起來，曹操不堪一擊！

袁紹把沮授關了禁閉，帶著七十萬大軍浩浩蕩蕩進攻
曹軍。

我袁紹平定天下
易如反掌！

早就有探馬向曹操彙報了袁紹進軍的消息，於是曹操
也在官渡擺開了迎戰的架勢。可是一對比，雙方軍事
實力懸殊，曹軍各個恐慌，曹操心裡也是沒把握。

這仗能打得
過袁紹嗎？

曹操召集眾謀士召開軍事會議，商討該怎麼跟袁紹打。

曹操連連點頭，覺得自己的謀士都很聰明。那就按照制訂的作戰計畫開始行動。兩軍對壘，曹操和袁紹開始互相喊話。

兩個人唇槍舌劍一頓罵，越罵火氣越大，終於雙方戰在一處。

꧁ 謀士過招 ꧂

袁紹的兵馬眾多，手下大將也各個武藝超群。曹操這邊就有點吃虧。袁紹就這麼帶兵掩殺，曹軍大敗，只能退至官渡。

曹操在官渡擺開架勢，雙方開始進行拉鋸戰。袁紹這邊的謀士審配出了個高招。

審配叫士兵在曹操寨前高築土堆，士兵們用鐵鍬挖土，再用土籃子抬土，幹得轟轟烈烈、熱火朝天。寨內的曹軍看傻了眼。

曹操得到士兵報告，也來這邊觀瞧。發現土堆越築越高，就這麼變成了土山。自己寨內的情況人家在土堆上看得一目了然。

曹軍往寨外衝殺，但審配早就帶著弓箭手在外面等候。見曹軍蜂擁而出，袁軍一聲令下，弓箭手齊拉弓射出，箭如雨下。曹軍被迫退入寨內。

就這樣，曹軍在寨內乾瞪眼出不去。十天之內，袁軍就在曹軍大寨外面築起了五十多座小土山。袁紹的士兵站在土山上天天朝著曹軍寨內射箭。曹軍苦不堪言，只能頭頂著擋箭牌過日子。

看著曹軍狼狽不堪的樣子，袁軍吶喊大笑。

曹操一看這樣下去不行啊，趕緊找謀士們想辦法。謀士劉曄平時喜歡發明創造，他到前線查看了實際情況。

劉曄畫出圖紙，曹軍連夜製造發石車數百輛，分佈在寨內，發石車對準土山山頭，發一聲喊，兵將一起拽動投石車，炮石飛空，直奔山頭。

袁紹的兵將正在上面彎弓搭箭，沒有想到從寨內飛出一塊塊石頭，他們沒有地方可以躲閃，很多人被石頭砸中，頓時頭破血流。

袁紹兵將連死帶傷，再也不敢上土山射殺曹軍了。袁紹挺不爽，趕緊叫審配想辦法。這審配還真又想出一個高招來，他組建了一支「棍子軍」，專門挖地洞往曹營內進行襲擊。

什麼棍子軍，分明就是老鼠打洞軍！

曹軍發現袁軍在挖地洞，趕緊去找發明家劉曄。

這袁紹全是損招，地道戰可不好對付。

沒事，他們挖，咱們也挖。圍著咱們大營挖溝，露頭一個打趴一個。

於是，曹軍也開始了連夜施工。袁紹兵將挖地道，曹操軍隊挖大溝。

袁紹兵將費了九牛二虎之力終於挖到了曹營，誰知道等著他們的是這樣的結局。

🌀 糧草告急 🌀

從八月初，到九月底，這段時間仗沒怎麼打，就只是
到處挖溝挖坑。可是曹操的糧草不夠啊，天天幹活不
吃飯怎麼可能。

這一天，曹操大將徐晃捉到了一名袁紹的軍士。一審
問才知，袁紹的大將韓猛正運糧過來。

晚上，韓猛押解數千輛糧草車趕路，中了徐晃等人的埋伏，雙方經過激戰，韓猛丟下糧草逃跑，曹操大喜。

韓猛逃回袁紹大營，氣得袁紹差點砍了他的腦袋。謀士審配囑咐袁紹，千萬要把囤積糧草的烏巢看好，不能出現差錯。

袁紹加派人手，叫大將淳于瓊帶領兩萬人馬看守烏巢。淳于瓊沒有別的毛病，就是愛喝酒，平素最貪這杯中之物。

再說曹操這邊，搶那點糧草不能解決大問題。要是沒有飯吃軍隊沒法打仗，於是曹操給許昌的荀彧寫了書信，叫他快點解決糧食問題。結果，送信的人被袁軍攔截了。

原以爲曹軍就要這麼完蛋，但是決定官渡之戰勝敗的關鍵人物出場了。他叫許攸，字子遠，小時候是曹操的朋友，現在是袁紹的謀士。他比田豐和沮授的遭遇略好點，至今還沒有遇到袁紹的虐待。

許攸興匆匆地拿著繳獲的書信來見袁紹。建議同時攻擊許昌和曹營。

也是趕巧，兩人正說話的時候，有人給袁紹送了一封書信。這封書信是揭發檢舉許攸的，內容列舉兩個重大問題。一是說許攸小時候跟曹操一起玩過捉迷藏，不會真心打曹操。第二是說許攸在冀州的時候家族有貪污腐敗的行為。

你個腐敗分子，再叨叨咕咕就把你腦袋切下來！

這……那……嗨……唉！

還跟曹操一起玩，好啊，你這麼多年是不是也跟我在捉迷藏？

許攸被袁紹劈頭蓋臉一頓大罵，還被警告以後不准再來相見，趕走了他。許攸悲傷地走出來，仰天長嘆要自刎，手下的人趕緊攔住了。

此地不留爺，自有留爺處！

如此羞辱，我不活了！

許攸叛逃

許攸心思這麼一轉,官渡之戰的勝利天平可就要傾斜了。許攸就這麼偷偷出營,投奔曹操去。曹操正在解衣休息,一聽說許攸來投靠。樂得一下子蹦下床,連鞋子都顧不上穿,趕緊出去迎接許攸。大老遠看見許攸,曹操就鼓掌歡笑。

我不在袁紹那幹了,跟你混來了。

歡迎歡迎,光腳歡迎!

曹操和許攸攜手進入大帳,曹操拜倒於地,許攸嚇了一跳。

您是丞相,我是布衣,這可使不得!

您是大貴人啊,那袁紹要是能夠聽您的話,我曹操肯定被消滅了!

許攸搖頭嘆息，說了在袁紹跟前當差的種種難處。

那袁紹鐵了心一條
道走到黑，給他點
燈籠都不肯……

嗯嗯，老弟，你放心，
你幫我點燈籠我鐵定肯。

許攸點頭，詢問曹操軍中糧草情況。曹操笑嘻嘻地告
訴許攸，軍中糧草充足，起碼吃一年都綽綽有餘。許
攸一聽，拔腿就走出大帳，曹操趕緊挽留他。

丞相，你小時候
挺誠實的一個小孩
啊，怎麼現在滿嘴
假話呢？

我走了，你放個
屁就說三個謊！

啊，糧草是有點
不足，但撐半年
沒有問題。

先生別生氣，我鬧著玩呢。其實吧，現在糧草只能維持這個月的。

嘴太硬了，你這麼不誠實，我是沒辦法給你出招啊。

嘻嘻，兵不厭詐，子遠您要理解我。

你們吃了上頓都沒下頓了，你還在這跟我吹牛皮！

曹操一聽大驚，急問許攸是怎麼知道的。許攸不慌不忙把繳獲的催糧書信拿了出來。曹操一看，怪不得這糧草不來呢，敢情是信都沒傳出去。曹操立馬誠懇地向許攸請教。

明公莫怕，袁紹軍糧輜重，都在烏巢。

不當家不知柴米貴啊……

那烏巢守將淳于瓊嗜酒如命，喝幾杯狗尿，就不服王法！

曹操聽了許攸的計策，大喜。第二天，曹操想帶領步
兵五千，親自上陣。

曹操的部下張遼生怕有詐。也怕曹操親自出馬發生不
測，曹操卻不這麼認爲，當天夜裡就出發了。

袁紹的謀士沮授被軟禁在軍中，這天他夜觀天象，再查看軍事地圖，發現有問題。趕緊去求見袁紹。袁紹喝得醉醺醺的在被窩裡睡覺，一睜眼看見沮授站在床頭，嚇了一跳。

你是不是精神病犯了？把他拉出去，這大半夜地嚇我渾身一震！

主公，你趕緊派人去烏巢，把那個酒鬼淳于瓊換下來吧。

活該袁紹注定要吃敗仗啊，沮授嗚嗚哭著勸說都無濟於事。袁紹氣得把監管沮授的人給殺了。沮授勸阻無效，只有流淚嘆息。

誰叫你不好好看著他了。

我招誰惹誰了？

火燒烏巢

曹操率軍悄悄出發，遇到盤查就按許攸說的回答，袁紹的兵馬果然沒有懷疑。

蔣奇的隊伍，奉命趕往烏巢。

哪個部隊的？

淳于瓊天天在烏巢喝酒，正喝到酩酊大醉的時候，曹操的兵馬殺到，屯糧處起火。淳于瓊聽到警報，嚇的雙腿直打顫，整個人頭重腳輕。

你就是那個愛喝酒的淳于瓊？

嗯，怎麼了？想跟我拚酒？

我沒有要跟你拚酒，你醒醒吧。

要幹嘛，再來兩瓶？

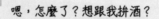

淳于瓊的部下剛運糧回來，看到烏巢被襲，趕緊來救援。

曹軍人數不多，但各個驍勇善戰，打敗了淳于瓊的部下。接著曹軍把烏巢的糧草全燒了。他們撤退的時候依然冒充袁軍，遇見袁紹派來的援兵，便自稱是淳于瓊的兵馬。

我們是淳于瓊的部隊。不用去救了，烏巢的糧草已經全部燒光了。

袁軍內部勾心鬥角，大將張郃與高覽也都投奔了曹操。

來我這兒啊！我歡迎大家！

袁紹聽信讒言。

我們哥倆是沒活路了。

烏巢糧草被燒，袁紹又失去許攸張郃等人，元氣大傷，士氣不振。曹操趁勢出兵攻打袁紹大營。毫無鬥志的袁軍四處奔逃，袁紹就這麼被曹操打敗了。

再說袁紹兵敗之後，沮授因爲被關押在牢，沒能逃
走。

牢頭，你放了我吧。

那我不是找死嗎？我前任屍骨未寒呢！

那你快逃吧。

那我不是找死嗎？外面全是曹軍。

你真是個死腦筋！

沮授不降，曹操便殺了他再厚葬。同時曹操也在袁紹
軍中搜到許多許昌人士與兵士與袁紹往來的書信。

我不追究。
把信都燒了吧。

要不要按圖索驥，
跟這些吃裡扒外的
算總帳？

這就是袁紹和
丞相的差別啊！

再說回田豐。袁紹兵敗後收拾收拾把家回，路上越走越傷心。

田豐還在監獄裡關著呢，他一定等著看我笑話！

就是！田豐聽說主公大敗，在監獄裡笑岔了氣呢！

這可不行！你們拿我的寶劍，去把他殺了！

要不要審問一下？

別讓他說話！他嘴巴可毒的很，直接把他斬了。

田豐知道袁紹為人，在獄中便自刎了。袁紹回到冀州，心煩意亂，開始不理政事。官渡之戰徹底傷了袁紹的元氣，從此袁氏集團便慢慢退出了歷史舞台。

性格決定命運啊！

三國時期著名的名門望族

　　漢末三國時期，特別注重門第，擁有一個好的門第，對自己積累人脈、仕途晉升都有很大的幫助，於是就產生了名門望族。比如曹操的首席謀士荀彧、荀攸，就出自潁川荀氏。還有曹魏重臣、「九品中正制」的創始人陳群，就出自潁川陳氏。

　　漢末北方第一霸主袁紹，也是名門出身。袁紹出身汝南袁氏，家族世代為官，權傾天下。袁紹的父親袁逢，官拜司空。叔父袁隗，官拜司徒。當時人稱袁家「四世三公」。就是說汝南袁氏家族，四代之中都做到了三公的官職。家族勢力給了袁紹起家的資本，因此他才能在漢末諸侯當中，率先脫穎而出。

荀彧：家大業大，啥都不怕。

陳群：有錢有房，趾高氣揚。

袁紹：四世三公，大步前衝。

官渡之戰袁紹的兵力究竟是十萬還是七十萬？

官渡之戰是中國歷史上著名的以少勝多的戰役，關於曹操袁紹雙方的參戰兵力，按照《三國演義》裡的說法，袁紹的兵力一共是七十萬。《三國演義》第二十九回描寫：「袁紹大怒，遂起冀、青、幽、并等處人馬七十餘萬，復來攻取許昌。」小說中提供給我們的這組數字可靠嗎？要知道當時全國兵力加在一起，可能也沒七十萬之多。區區袁紹僅靠北方四州，就能調動起七十萬兵力嗎？

史書給了我們正確答案，根據《三國志》記載：「袁紹眾十餘萬，屯營東西數十里。」由此可知，歷史上官渡之戰袁紹的兵力只有十萬。在歷史上，曹操一方的前期參戰兵力，也只有一萬。羅貫中為了擴大戰爭感染力，在小說中將兵力各自擴大了七倍。一萬曹軍大敗十萬袁軍，雖然沒有小說中那麼驚心動魄，但官渡之戰依舊是中國歷史上以少勝多的著名戰役。

原來你只有一萬兵。

嘿嘿，照樣打敗你。

五子良將

　　熟悉三國故事的小朋友，都知道劉備帳下有五員大將，分別是關羽、張飛、趙雲、馬超、黃忠，這幾個人勇猛非常，跟隨劉備出生入死，民間尊稱他們為五虎上將。其實曹操身邊也有五員大員，他們被稱為「五子良將」，分別是前將軍張遼、右將軍樂進、安遠將軍于禁、征西車騎將軍張郃以及右將軍徐晃。

五子良將 VS 五虎上將

我們最厲害！

我們最勇猛！

　　張遼最早跟隨呂布，呂布死後投降曹操。張遼人生戰績的巔峰，是在逍遙津之戰中率領八百將士衝擊東吳十萬大軍，令東吳軍隊披靡潰敗、聞風喪膽，差點活捉敵帥孫權。

　　樂進是最早跟隨曹操的名將，他雖然身材短小，但以驍勇聞名。每次戰役都衝在最前面，衝鋒陷陣。在曹操攻呂布、擊劉備、滅袁氏的戰役，我們都能看到樂進的身影。

于禁在曹操起家之初，就跟隨了曹操。有一次，曹操部下的青州兵不守紀律，于禁為了維護軍紀，下令攻擊青州兵，曹操知道這件事後，非但沒有責怪他，還對于禁誇讚獎賞。

張郃先跟隨袁紹，在官渡之戰時期投降曹操。張郃用兵以巧變聞名，根據地形隨機應變，更改陣型。後期張郃負責抵禦蜀軍北伐，是曹魏的西北屏障。

徐晃在曹操遷都許昌之時，投奔曹操。徐晃勇猛無比，治軍嚴格。他一生的巔峰之戰，是在樊城擊退關羽，解除了曹操遷都的風險。

五子良將各有所長，張遼善於奔襲，樂進善於先登，于禁善於治軍，張郃善於巧變，徐晃善於長驅，在《三國志》裡將張遼、樂進、于禁、張郃、徐晃，列為一傳。陳壽評價：「太祖建茲武功，而時之良將，五子為先」。由此可見這五個的地位，民間因此稱他們為五子良將。

五子良將，
各有所長！

三國志

太祖建茲武功，
而時之良將，
五子為先。

觀滄海

東臨碣石，以觀滄海。水何澹澹，山島竦峙。
樹木叢生，百草豐茂。秋風蕭瑟，洪波湧起。
日月之行，若出其中；星漢燦爛，若出其裡。
幸甚至哉，歌以詠志。　　　　　[東漢] 曹操

　　這首《觀滄海》是曹操詩歌中的名篇。據說是曹操大破袁紹，平定烏丸，統一北方之後，回師時經過碣石山所作。詩中的這座碣石山，位於今天河北省秦皇島市昌黎縣，東臨渤海，氣鎮遼東。登高遠望，一覽無餘。

　　此時的曹操剛剛統一北方，雄心萬丈，還準備揮戈南下，實現統一中國的宏願。於是他藉描寫大海，表達了自己的勝利喜悅之情，以及平定全國的志向。全詩語言質樸，借景抒情，氣勢磅礡，蒼涼悲壯，有吞吐宇宙之氣象。

第 6 章

三顧茅廬

曹操詐徐庶

官渡之戰給我們一個啟示，打勝仗不僅僅靠武力還需要動腦子。袁紹和曹操對待謀士的態度迥異，就有了不同的人生結局。所謂「謀士」，卽以謀取士，用自己的智謀爲王侯霸業服務，從而達到自我實現的最高理想。

今天即將為大家講述中國歷史上最著名的謀士——諸葛亮出山的故事。不過先別著急，咱們慢慢道來。

我叫諸葛亮，男，181年出生
234年10月8日去世。字孔明，號臥龍。
漢族，三國時期蜀漢丞相，傑出的政治家、
軍事家、散文家、書法家、發明家。

諸葛亮

曹操近來幾次和劉備幾次交手，都以曹操失敗而告終。這讓曹操有些納悶，一打聽才知道，原來劉備當時身邊有個足智多謀的徐庶在幫忙。曹操就想挖劉備的牆腳。

捲角緊急動員會

都說說怎麼把
徐庶挖過來！

有人說徐庶這人最是孝順。咱們就利用這一點，先把
徐庶的母親給接到這來。然後寫封書信把徐庶騙來。

誰想到徐庶的母親根本不買曹操的賬。曹操只好假冒
徐庶母親給徐庶寫信，叫他歸順過來。徐庶是孝子，
果然不能在劉備處待了。

劉備去送徐庶，淚水漣漣，好不悲傷。為了能夠看到徐庶的身影，劉備還叫人把遮擋視線的樹木都伐掉了。

大哥，亂砍亂伐為甚？

為多看元直身影久一點，嗚嗚……

張飛

正說著徐庶打馬回來了。

 樹林子白砍了。

主公，我想起一人。此人絕代奇才，你要是肯屈尊請他出山，何愁天下不定！

 誰這麼大本事？

此人躬耕於南陽，人稱臥龍先生，他叫諸葛亮。

 多謝元直指點迷津！

玄德再會！

 又得砍倒一片林子！

徐庶是真捨不得離開劉備，雖然不能輔佐劉備了，但是他願意為劉備舉薦能人。而且徐庶還親自去找好友諸葛亮，勸說他幫助劉備。

徐庶惦記母親，快馬加鞭直奔許昌。曹操聽說徐庶來了，自己的計謀得逞。心裡高興，帶著荀彧和程昱等一班謀士迎接。

徐庶終於見到母親，哭著拜倒。母親大驚。徐庶這才
知道是曹操使的陰謀詭計。母親為此勃然大怒，弄得
徐庶好不尷尬，只能拜伏於地，不敢仰視。

徐庶，你腦袋撞壞了嗎？
曹操偽造的家書，
你難道看不出來？
你……棄明投暗，自取惡名！

母親罵完就進了內室，不一會兒工夫，家人出來告訴
徐庶，老人家自縊而亡。徐庶疼得「哎呀」一聲急急衝
入內室。

母親，
是兒害了你啊！

詩讚：生得其名，死得其所。
賢哉徐母，流芳千古！

195

徐庶哭絕於地，曹操派人慰問，徐庶拒不接受曹操的
安排，自此，徐庶見到曹操是一言不發，一條計策都
不肯跟曹操說。更不肯給曹操出一條計策。

徐庶進曹營——
一言不發，

白吃白喝不幹活，
不如放了他算了。

真是沒轍了！
哼哼，我可以不要他的妙計，
但是不能叫他給別人出妙計！
我曹操得不到的，
別人也休想得到。

三顧茅廬

曹操見得不到徐庶的幫助，只好作罷。為了準備和東吳開戰，曹操命人把漳河水引進來做成一個池，叫玄武池。曹操就在這玄武池裡操練水兵，準備更大的戰爭。

劉備自從得到徐庶的指點，時刻沒有忘記要去拜訪諸葛亮。這一天，有人來報，說門外來一先生。

說夢話都喊諸葛亮。

莫非是孔明來找我來了？

見誰都是孔明。

劉備趕緊整理衣裝，出去相迎。來訪的客人是司馬
徽。一看是司馬徽，劉備心裡也挺高興，立刻把司馬
徽請入後堂高坐。司馬徽本想順路探望徐庶，得知徐
庶去了曹操那裡一陣嘆息。劉備順道問起了司馬徽諸
葛亮是什麼樣的人，司馬徽說那可是比得上姜子牙和
張良的人啊。

劉備聽司馬徽這麼說，心裡更加想見諸葛亮了。

關張二人好說歹說劉備才沒有連夜去尋諸葛亮。第二天，劉備和關羽、張飛出發去隆中。路上看見有農人在耕田，還有歌聲傳來。

劉備聽聞歌聲很感興趣，馬上跟農人打聽是誰作的這歌。農人回答是臥龍崗的諸葛亮。劉備藉機打聽到諸葛亮的住處，策馬前行。很快來到莊前，劉備下馬親自叩門。

開門的是一個童子，他問劉備是誰，從哪裡來，到這裡找誰。劉備報完名號，趕緊詢問孔明先生是否在家。

劉備聽說諸葛亮不在家，
很是遺憾。劉備惆悵不已，
只好告辭。

就是故意
不見。

騎著馬往回走，再美的風景劉備看了也感覺
沒有意思。張飛和關羽一路上說說笑笑，故
意逗大哥開心。劉備忽然看見一氣度不凡之
人拄著木杖順著小路走過來。

哎呀，是孔
明先生吧？

我是孔明的
朋友崔州平。

不知道
孔明先生
在哪裡？

我也是來
找他玩。

崔州平

劉備三人回到新野，過了數日，劉備一直派人打聽孔明回來沒有。終於探馬來報，說諸葛亮回來了。劉備一聽大喜，趕緊收拾東西要出發。劉備不由分說，上馬再去拜訪孔明。這個時候到了隆冬季節，天氣嚴寒，彤雲密佈。走著走著，雪花飄飄從天而降。山如玉簇，林似銀妝。

快要到達諸葛亮的茅廬之時，忽然聽到路邊酒館裡有人在作歌。劉備趕緊停下來細聽。

劉備聽完歌，快步走進去，朝著二人深鞠一躬。

劉備辭別了兩位，上馬到了臥龍崗。門前童子告訴劉備，先生在堂上讀書呢。

走到中門的地方，劉備看到門上手書一副對聯：淡泊以明志，寧靜而致遠。正看著的時候，忽聞吟詠的聲音。

待歌聲結束，劉備上前相認，卻再次認錯了人。看來這個諸葛亮是很難見到了，劉備有點小尷尬。

劉備認認真真給諸葛亮寫了封書信，表達了自己的誠意。外面飄著雪花，諸葛均默默讚賞點頭。

劉備寫完書信，交給了諸葛均，千叮嚀萬囑咐叫一定
轉交給諸葛亮。劉備告辭出門，忽然發現小橋邊，有
個人騎著毛驢，戴著暖帽，吟誦著詩歌朝這裡來。劉
備大喜，以為是諸葛亮回來了。

劉備惆悵而歸，一路上鬱悶至極。

❧ 臥龍出山 ❧

光陰荏苒，又是一春。劉備又開始張羅去拜訪諸葛亮，張飛和關羽一起反對。

你們倆在家等著，我拿麻繩捆了他來！

吃那麼多閉門羹咱得長點記性，諸葛亮不見，沒有禮貌，他肯定也沒啥才學。

休得無禮！

拗不過劉備，關羽和張飛只得聽從
大哥的意見。

歪詩！

鹽跟麵粉都已化，
來回幾次白費蠟。

前番來時下大雪，
今天又至梨花白。

這次諸葛亮總算在家了。不過，他正在午休睡覺呢。
劉備就在外面一直等著諸葛亮睡醒。

我這火爆脾氣，
哥哥在外面等，
他在那呼呼大睡。

三弟，
看大哥面上，
咱倆不能發火。

諸葛亮睡醒，先吟詩一首：「大夢誰先覺？平生我自知。草堂春睡足，窗外日遲遲。」

劉備拜見先生。

這都什麼毛病啊？
睡醒不去上廁所，
在這嘀嘀咕咕。

諸葛亮更衣，終於與劉備見到面。二人相談甚歡。劉備真誠地說，如今漢室的統治崩潰，奸邪的臣子盜用政令，皇上蒙受風塵遭難出奔。我想要為天下人伸張大義，然而我才智與謀略短淺，沒有那樣的能力，因此失敗，弄到今天這個局面。但是我的志向到現在還沒有甘休，您認為該採取怎樣的辦法呢？

希望您能出山，跟我一同拯救天下蒼生。

❀ 隆中三策 ❀

諸葛亮見劉備如此袒露心跡，也就不客氣了。他說出了一番話，這也是後來劉備集團的行動綱領。

自董卓獨掌大權以來，各地豪傑同時起兵，佔據州、郡的人數不勝數。曹操與袁紹相比，聲望少之又少，然而曹操最終之所以能打敗袁紹，憑藉弱小的力量戰勝強大的原因，不僅依靠的是天時，而且也是人的謀劃得當。現在曹操已擁有百萬大軍，挾持皇帝來號令諸侯，確實不能與他爭強。

張飛和關羽也安靜下來，一起傾聽諸葛亮的高談闊論。

孫權佔據江東，已經歷三代了，地勢險要，民眾歸附，又任用了有才能的人。荊州北靠漢水、沔水，一直到南海的物資都能得到，東面和吳郡、會稽郡相連，西邊和巴郡、蜀郡相通，這是大家都要爭奪的地方，但是它的主人卻沒有能力守住它，這大概是老天要用來資助將軍的，將軍你可有佔領它的意思呢？

諸葛亮給劉備提建議，劉備既是皇室的後代，而且聲望很高，聞名天下。他可以廣泛地招募英雄，如果佔據荊、益兩州，守險要的地方，和西邊的各個民族和好，又安撫南邊的少數民族，對外聯合孫權，對內革新政治。

一旦天下形勢發生了變化，就派一員上將率領荊州的軍隊直指中原一帶，將軍您親自率領益州的軍隊從秦川出擊，老百姓誰敢不用竹籃盛著飯食，用壺裝著酒來歡迎將軍您呢？如果真能這樣做，那麼稱霸的事業就可以成功，漢室天下就可以復興了。

先生真乃高見！

這就是著名的諸葛亮和劉備的隆中對。劉備禮賢下士，三顧茅廬，用真誠感動了諸葛亮。

此情此景，我也要賦詩一首。

我鼻子也酸酸的。

諸葛亮答應輔佐劉備，囑咐弟弟不要荒廢田園。要等到功成名就，再回來歸隱。諸葛亮辭別弟弟，隨劉備上路，開始了一段新的征程。

看見沒，現在大哥都有點疏遠咱倆了。

二哥，心臟不好？

不知道怎麼了，就像打翻了一罐子醋

閉嘴，就你事多！哎呀，我心裡不知道怎麼回事……

諸葛亮的家世居然這麼厲害

諸葛亮是三國時期的頂級人才，深受人們愛戴。諸葛亮在〈出師表〉中提到：「臣本布衣，躬耕於南陽」。所以大眾觀念裡，認為諸葛亮是一位在南陽隱居的農夫，不過可不要小看這位農夫，人家的家世可厲害著呢。

農夫、山泉、有點田。

琅琊諸葛氏，是山東的望族。諸葛亮的父親諸葛珪當過泰山郡丞，叔父諸葛玄是豫章太守，後來家道中落，諸葛亮跑到南陽郡勤工儉學，身邊也圍著一群社會上層的知識份子。比如好友崔州平是太尉崔烈的兒子，老岳父黃承彥的妻子和荊州牧劉表的妻子是姐妹。諸葛亮看似是一介布衣，但背後卻有著高端的關係網，上達廟堂，下通江湖，你說厲害不厲害？

祖譜

嘻嘻，我可是隱藏官二代。

諸葛亮的偶像是誰？

　　諸葛亮出將入相，名垂宇宙，是無數人的偶像。偶像本人也有自己的偶像，那麼諸葛亮的偶像又是誰呢？《三國志・諸葛亮傳》記載：「諸葛亮躬耕隴畝，每自比於管仲、樂毅。」就是說，諸葛亮在躬耕南陽的時候，經常將自己比作管仲和樂毅。管仲、樂毅便是諸葛亮的偶像。

好想得到管仲和樂毅的簽名。

　　管仲是春秋時期齊國政治家，提出了尊王攘夷的策略，幫助齊桓公在亂世中率先稱霸。樂毅則是戰國時期燕國軍事家，他幫助弱小的燕國，打敗強大的齊國。諸葛亮將自己比喻成管仲和樂毅，就是表明自己出將入相的願望，他希望自己也能輔佐明君，遵從王室，平定亂世。

追星沒有用，我要成為他們，比他們更優秀。

諸葛草廬

「三顧茅廬」是中國歷史上婦孺皆知的典故，諸葛草廬也成了古今仁人志士朝拜的聖地，但這個草廬的位置，究竟在哪裡呢？由於古今行政區域範圍的不斷變化，關於諸葛亮隱居的地方，也成了爭議話題。如今形成了河南南陽說與湖南襄陽說，兩大陣營。

持「南陽說」的人，拿出了〈出師表〉中的原文：「臣本布衣，躬耕於南陽」來背書。這是諸葛亮自己說的話，最有說服力。古今諸多文人也在南陽寫過歌頌諸葛亮的詩文，比如白居易的「魚到南陽方得水，龍飛天漢便為霖。」至今河南省南陽還有臥龍崗等歷史遺跡，來紀念諸葛亮。

持「襄陽說」的人，則拿出了晉人習鑿齒所作的《漢晉春秋》當證據，該書中記載：「諸葛亮家於南陽之鄧縣，在襄陽城西二十里，號曰隆中。」是說隆中在三國時期雖然屬於南陽郡，但卻在襄陽旁邊，即現代的湖北省襄陽市。至今湖北省襄陽也有古隆中等歷史遺跡，來紀念諸葛亮。

　　「南陽說」與「襄陽說」的爭論，吵了好幾百年，都沒有一個定論。到了清代，有一個名叫顧嘉蘅的人來到南陽做知府，而顧嘉蘅本人是湖北人。這一天，一群士子鬧到了南陽府衙門口，讓顧嘉蘅來評評理，說諸葛草廬究竟是在南陽還是在襄陽。

　　顧嘉蘅既不想得罪南陽的父老，也不得罪湖北的鄉親，於是寫下了一副對聯：

　　上聯是「功在朝廷，原不分先生後主。」

　　下聯是「名高天下，何須辨襄陽南陽。」

　　意思是說，諸葛亮對蜀漢朝廷鞠躬盡瘁，無論是對劉備，還是對劉備的兒子劉禪，他都忠心耿耿。如今的諸葛亮已經是名滿天下，為什麼還要狹隘地去爭論諸葛廬的位置是在襄陽還是南陽呢？這副對聯打破了地理的局限，跨越了時空的概念，也說明了千百年來人們崇拜諸葛亮的原因，成了千古名聯，被人們廣為傳頌。

不要吵了，偶像在我們心中。

三國成語詩詞

陋室銘

山不在高，有仙則名。水不在深，有龍則靈。斯是陋室，惟吾德馨。苔痕上階綠，草色入簾青。談笑有鴻儒，往來無白丁。可以調素琴，閱金經。無絲竹之亂耳，無案牘之勞形。南陽諸葛廬，西蜀子雲亭。孔子云：「何陋之有。」

[唐] 劉禹錫

　　銘是一種文體，原本指刻在器物上用來記述事實、功德的文字，後來演變成一種文體，以鞭策、勉勵自己。比如放在書桌右側的警示自己的銘文，叫「座右銘」。刻在墓碑上，記錄墓主人一生的功業的銘文，就叫「墓誌銘」。這篇文章叫作〈陋室銘〉，顧名思義，就是寫在陋室門口，以警示、激勵自己的文字。

　　劉禹錫因反對宦官和藩鎮割據，被貶官安徽一帶當刺史。知縣見劉禹錫被貶，故意刁難，給劉禹錫安排了又小又破舊的住所。雖然居住環境差，但劉禹錫並沒有自暴自棄，他寫了這篇《陋室銘》，掛在房屋門口，表明了自己身在陋室，自得其樂的志向。

　　銘文結尾引用了諸葛亮和楊雄的典故，說南陽有諸葛亮的草廬，西蜀有揚雄的玄亭，這兩間屋子都很破舊，但因為諸葛亮和揚雄的居住，使這裡蓬蓽生輝，千百年來被人們所推崇。

別看我的草廬破舊，因為我的居住，讓這裡房價飆升。

風水寶地

敗走漢津口

劉皇叔攜民渡江

就在劉備固守樊城時，曹操催動三軍，漫山遍野衝殺而來。

報，曹軍還有三十里！

曹操派人威脅劉備。劉備拒不投降，趕緊找諸葛亮想辦法。

咱們趕緊放棄樊城，取襄陽暫歇。

可是老百姓跟隨我很久了，不能丟下他們啊。

諸葛亮只好叫人通知全城老百姓，願意跟隨的一起同走，不願意的可以留下。

曹兵將至，古城不可守。百姓願隨者，便同過江。

我等雖死！

也願意跟隨劉皇叔！

願跟隨劉皇叔！

全城老百姓都捨不得劉備，願意跟他在一起。於是，
全城老百姓扶老攜幼，拖兒帶女一起渡河。兩岸哭聲
不絕，劉備在船上看到，悲憤交加，覺得對不起老百
姓，一度想投河自殺。

劉備一行人來到襄陽東門，只見城上遍插旌旗，戒備森嚴。

劉琮是劉表的兒子。他在城頭山看到劉備，卻害怕不敢開門。劉表的手下蔡瑁、張允命令開弓放箭。城外的老百姓一看，進城無望，都哭泣起來。

城中一將魏延看蔡瑁和張允如此對待劉備和城外百
姓，氣不過就殺上了城樓。魏延的武藝了得，掄刀把
守城門的將士砍死，打開城門叫劉備等人進入。

開不開?!

張飛剛要衝進去，被劉備攔住。劉備和諸葛亮商量，
就算這麼闖進襄陽城，也得引起傷亡。本來是要保護
老百姓的，不能因此引發戰爭。

江陵是荊州要地，先取江陵為家吧。

三弟，不要
驚擾百姓。

看襄陽城也不是容身之地，劉備只好帶著百姓奔江陵而去。襄陽城中的很多老百姓，也有很多趁著魏延和守城軍士激戰的機會逃出城來，跟隨劉備而去。

人呢？

劉備同行軍民十餘萬，大小車輛數千輛，挑擔背包者不計其數。行動遲緩，曹操大軍很快就要追了上來。隊伍卻每日只能行十餘里，這麼下去可不行啊，諸葛亮給劉備出主意。

主公，趕緊丟棄老百姓，我們先去江陵吧。

不行！一個都不能少！

先叫關羽去江夏求救，在江陵接應。

好，三弟張飛斷後，子龍保護老小。

收到！

✿曹操再下襄陽城✿

卻說曹操大軍很快到達了樊城，叫人去襄陽召劉琮來相見。劉琮現在是草木皆兵，誰都不能相信，見誰都害怕。

我不去，我好怕怕……

劉琮想辦法推托不敢見曹操，手下的蔡瑁和張允卻急不可耐去曹操跟前討好。曹操封了二人官爵，為了穩住劉琮，曹操還啟奏天子，叫劉琮永遠做荊州之主。

丞相，這倆傢伙不是好東西啊。

哼，我心裡有數，現在他們還有點用處。

劉琮還沒有歡喜幾天，曹操就來到襄陽城外，叫劉琮當青州刺史，即刻上任。劉琮百般推托，但曹操做了決定就不會再更改。

叫你當官你還不高興啊？

我⋯⋯這⋯⋯啊⋯⋯

劉琮的擔心不是多餘的，這邊剛剛出發。曹操馬上下令叫于禁帶人追上去把劉琮母子給殺了。曹操還去隆中搜尋諸葛亮的家眷，打算斬草除根。幸虧諸葛亮棋高一招，提前把家眷轉移走了，這才免遭迫害。

曹操計算一下劉備的行軍速度，馬上精選五千鐵騎，
星夜前進，追趕劉備。

甲和乙不同時間從同一地點出發，乙每小時走十里，已經走了三天。甲以每小時四十里的速度追趕，問，多少天能夠追上乙？

劉備引十數萬百姓，一程程挨著往江陵進發。

前面是什麼地方？

當陽縣景山。

秋末冬初季節，天氣冷了下來。夜晚宿營很是艱苦。
這一天四更時分，曹軍前來偷襲。一時間喊殺陣陣，
劉備大驚，起來查看，發現曹軍已經追了上來。

劉備帶兵死戰，抵擋不住之際，張飛拍馬趕到，解了
燃眉之急。

正在感慨間，麋竺的弟弟麋芳面帶箭傷，踉蹌而來。

趙子龍投靠曹操去了！

是不是箭把你眼睛給射瞎了？

哎呀，趙雲見我們要玩完，這是圖富貴去了。

我呸你倆滿臉口水，
子龍啥人品我不知道嗎？

張飛不服氣，劉備就拿他當初誤會關羽的事舉例子。
張飛不聽，引二十餘騎到長坂橋。看橋東一帶有樹
木，張飛心生一計。

沒搞錯吧，
張飛會用計謀？

張飛使計謀，
那叫粗中有細。

長坂橋

張飛眼珠一轉，他叫人砍下樹枝，拴在馬尾巴上，在樹林裡來回馳騁，衝起塵土，自己一個人橫矛立馬在橋上等著曹操。

趙子龍單騎救主

再說趙子龍自四更時分就與曹軍一直廝殺，往來衝突，一直殺到天明。回顧左右，身邊只有二十多人了。趙子龍拍馬在亂軍中找尋夫人和小主人。

呀呀，主公在哪裡，夫人和阿斗在何方？

趙子龍正到處尋找，卻看到一人臥倒在草叢中，是受傷的簡雍。

夫人棄了車仗，抱著阿斗走的。我被敵人刺落下馬……

將軍，你捎信給主公，我要是找不著夫人和阿斗，我就戰死沙場！

趙子龍幫助簡雍搶奪一匹戰馬，扶簡雍上馬。自己拍馬往長坂坡方向而去。見前面一群逃難的百姓哭嚎不已。趙子龍大喊著夫人的名字。甘夫人在人群中艱難前行，聽見趙子龍喊，趕緊回話。

子龍，我在這裡。

張子龍趕緊下馬插槍哭著問候。甘夫人告訴趙子龍，她和糜夫人走散了，糜夫人抱著阿斗不知去向。正說話間，看見一騎兵馬押著糜竺。那大將是曹仁部下淳于導。趙子龍上馬提槍來戰，一槍刺死淳于導。

看槍！

淳于導

趙子龍殺開一條血路，護送甘夫人和簡雍到了長坂坡。張飛看見趙子龍，哇哇大叫。

哇哇，子龍你是不是背叛了我哥哥？

別鬧。你看好甘夫人，我去尋找糜夫人和小主人去！

到底啥情況啊？

不信謠，不傳謠，你聽了誰胡說八道？

長坂橋

趙子龍迎著曹軍逆行而上，正走著，見前面一大將手
提鐵槍，背著一口寶劍。引十數騎躍馬而來。那大將
是夏侯恩，一直給曹操背著青釭ㄍㄤ寶劍。

來將通名！

常山趙子龍！

趙子龍心裡著急去尋找糜夫人和
小主人。於是決定速戰速決，衝
過去一槍刺死了夏侯恩，並將青
釭劍拿走。

一招都
沒用……

這曹操有兩口寶劍，一個叫倚天，一個叫青釭。曹操自己佩戴倚天劍，青釭劍叫夏侯恩給背著。寶劍鋒利無比，削鐵如泥。趙子龍得到寶貝，非常高興。

我就是摟草打兔子——順帶著撿的。

趙雲再次殺入重圍，這時候只剩下他一個人在奮力廝殺。

夫人在前面牆下坐著。

趙子龍見一戶人家土牆下，糜夫人抱著阿斗正在瑟瑟發抖。趙子龍趕緊下馬，伏地而拜。糜夫人不肯上馬，趙子龍幾番勸說無效。

我受重傷，死不足惜，子龍將軍保護好孩子，我不能拖累你們。到時候咱們都走不掉！

糜夫人見勸說不了趙子龍，把孩子遞過去。自己一頭跳入枯井而死。

夫人啊！

趙子龍見糜夫人死了，生怕曹軍搶屍。他將土牆推倒，掩蓋枯井。之後，他解開鎧甲，把阿斗抱護在懷中，提槍上馬，來戰曹軍。

曹軍早有大將晏明手持三尖兩刃刀來戰，趙子龍三個回合把晏明刺於馬下。

趙子龍再往前行，遇到曹操大將張郃。兩個人鬥了十餘個回合，趙子龍不敢戀戰，撥馬就走。張郃追趕，趙子龍就這樣連馬帶人掉入曹軍設置的土坑當中。

誰料想一道紅光，趙子龍騎著馬從土坑中憑空躍起，張郃嚇得連連後退。

趙子龍躍出土坑，曹軍四將衝上來圍住趙子龍。趙子龍急了，拔出青釭劍一頓亂砍，手起處，衣甲都切斷，四將瞬間就都栽倒馬下而亡。

曹操在山頭觀戰，看到趙子龍力斬曹軍大將的情景，用的可是他的寶劍啊。曹操趕緊打聽這人是誰，曹洪告訴他是常山趙雲趙子龍是也。

曹操愛才，馬上下令飛馬報各處，遇到趙子龍不准放冷箭。有本事就捉住，沒本事送死活該。這樣一來成全了趙子龍，也保護了阿斗的安全。

趙子龍懷抱小主人劉禪，左突右殺，砍倒大旗兩面，
奪下兵器三條，殺死曹軍名將五十餘個。

這真是古來衝陣扶危主，只有常山趙子龍。

丞相，他殺的是
咱們的人！

哎呀，厲害啊，
好，加油！

趙子龍殺出重圍，血染戰袍。不遠處又遭遇了鐘縉、
鐘紳二將，鐘縉揮舞大斧頭砍來，趙子龍躲閃。兩個
人戰不到三回合，趙子龍一槍穿喉，子龍奪路就走，
鐘紳背後窮追不捨。

鐘紳報仇心切，持戟趕來。趙子龍急轉馬頭，左手持
槍格過畫戟，右手拔出青釭劍砍去，連頭盔帶腦袋砍
去一半，慘不忍睹。

趙子龍驅馬直奔長坂坡，人困馬乏，實在是打不動
了。張飛在那還站著呢，遠遠便聽見趙子龍呼叫。

趙子龍縱馬衝過長坂坡，行二十餘里，見劉備在樹下
歇息。趙子龍下馬，伏地哭拜，把糜夫人投枯井而死
的事情說了。

趙子龍誤以為孩子在懷裡悶死了，沒想到打開一看，孩子呼呼大睡呢。趙子龍破涕為笑，把孩子遞給劉備。

劉備接過孩子，往地上一扔。趙子龍嚇壞了。

張飛大鬧長坂橋

話說曹操大軍追到長坂坡，幾十名戰將都愣住了。附近樹林子裡塵土飛揚，橋頭站著張飛，他在那瞪著眼睛。大家都不敢近前，怕中了埋伏。

我乃燕人張翼德，誰跟我決戰！

長坂橋

都注意啊，我可有存檔呢。當年關羽說的，就這小子最猛！

有詐！

張飛看沒人近前，也有點愣住。他朝著曹操的隊伍大
吼一聲。這一嗓子像打了霹靂一樣，曹操身邊的大將
夏侯傑嚇得肝膽俱裂，一下子掉下馬，氣絕身亡。

一聲好似轟雷震，獨退曹兵。曹操嚇得帽子都丟了，
拼命奔逃。跑出多少里，還在問張飛追上來沒有。

等曹操回過神來，命令大軍再追，發現張飛已經把
橋給拆了。

劉備等人敗走漢津口，忽然後面鼓聲連天，曹操大軍
緊緊追趕。

眼看著劉備一行要遭遇滅頂之災，關羽手拿青龍偃月刀帶兵殺了出來。曹操大軍潰敗，一直被關羽追出去幾十里。

漢津口上，劉備和關羽、張飛、趙子龍、諸葛亮等人重新相聚一處，回憶一路敗走經歷，不由得唏噓感嘆。

火燒新野、火燒博望是誰幹的？

　　在小說《三國演義》裡，諸葛亮初出茅廬，就在博望坡燒跑了曹操大將夏侯惇與于禁。然後諸葛亮在撤離新野時，又放了一把火，燒走曹操大將曹仁，為劉備軍爭取到了撤軍的時間。這兩把火不但把曹操一方燒的心驚膽顫，還讓劉備身邊的兄弟們心服口服。火燒博望與火燒新野是《三國演義》中諸葛亮用兵如神的絕佳例子。

別太威風，這三把火都是我替你燒的。

　　但我們翻閱史書會發現，這兩把火都不是諸葛亮放的。《三國志·先主傳》記載：「夏侯惇、于禁等於博望。久之，先主（劉備）設伏兵，一旦自燒屯偽遁，惇等追之，為伏兵所破。」意思是劉備在博望坡設下伏兵，放了一把火假裝逃跑，夏侯惇來追，被劉備的伏兵所擊敗。由此可知，火燒博望是劉備所為，而且當時諸葛亮還沒出山。至於火燒新野，史書上沒有任何記載，完全是羅貫中為了增加小說的可讀性，編造的故事情節。

博望坡明明是我放的火，為啥成諸葛亮放的了。

都是一家人，分什麼你我呀。

歷史上的劉備有沒有摔阿斗？

　　「劉備摔阿斗」是《三國演義》裡的著名情節。但我們翻閱史書會發現，並沒有劉備摔阿斗的相關記載，這個情節完全是羅貫中在小說中虛構的。

我摔長矛。

我摔大刀。

我摔兒子。

還是主公厲害。

　　羅貫中為什麼要虛構這樣的情節呢？原來在《三國演義》中，劉備被作者刻畫成仁德愛民的代表形象，為了體現劉備對屬下的關愛，羅貫中給劉備增加了摔阿斗的情節。但這個情節就現代價值觀來看，顯得劉備這個人裝腔作勢，假仁假義，因此民間還留下了「劉備摔阿斗，收買人心」的歇後語。羅貫中本來想美化劉備，結果用力太過，反而醜化了劉備的藝術形象。

爸爸，你為什麼要摔我。

這是假新聞，不要當真。

髀肉復生

劉備前半生顛沛流離，屢敗屢戰，到處依附諸侯，但仍然雄心不改。直到在荊州依附了劉表，才過了一段相對穩定的日子。劉表讓劉備屯兵襄陽以北的新野小縣，表面上是給了劉備一個的安身之地，其實讓劉備抵禦北方的曹操。

大不了從頭再來。

劉備這個人雄才大略，深得人心，荊州的有志之士逐漸團結到了他的身邊，這也引來了劉表身邊大將蔡瑁等人的警惕。劉備在荊州八年的蹉跎歲月裡，時刻都在尋找機會，他想擺脫劉表桎梏，戰勝強敵曹操，興復漢室，安定天下。但歲月不饒人，英雄一天天老去……

一年 兩年 三年 四年
五年 六年 七年 八年
九年 ……

讓我告訴命運，我不認輸。

這一天，劉表請劉備參加宴會。中途劉備前去上廁所，他看到自己大腿上長滿了肥肉，於是哭泣流淚。回席後，劉表問劉備為何哭泣。

劉備說：「吾常身不離鞍，髀肉皆消，今不復騎，髀裡肉生，日月若馳，老將至矣。而功業不建，是以悲耳。」這段話出自《三國志·先主傳》的引注《九州春秋》。意思是，我年輕時經常騎馬打仗，大腿兩邊的贅肉都消退了。在荊州這幾年的生活無所作為，導致贅肉復生。年華易老，而我功業未建，很是感傷。

這便是成語「髀肉復生」的來歷。形容過了太久安逸舒適的生活，無所作為，並以此來激勵自己。要知道劉備說這句話時，已經年近五十，他依舊沒有放棄自己理想。有志者事竟成，命運的天秤終於向劉備傾斜。接下來劉備三顧茅廬，請出諸葛亮，促成孫權聯盟，並在赤壁戰勝曹操，而後佔據荊州，挺進益州，終於三分天下，成就霸業。

劉備的故事告訴我們，不管現實多麼苦難，都要為自己的目標而努力。殘酷的現實中也能開出燦爛的理想之花。

三國詩詞成語

三國
詩詞對聯

上聯：親賢臣，國乃興，當年三顧頻煩，始延得漢家正統。
下聯：濟大事，人為本，今日四方靡騁，願佑茲蜀部遺黎。

　　對聯是中華民族特有的一種藝術形式，講究對仗工整，平仄協調。這副對聯是成都漢昭烈廟（武侯祠）前的一副對聯，是清代人馮熙所作。這副對聯不但高度概括了劉備一生，還表現了對蜀漢英雄們的無限崇敬。

　　上聯是讚揚劉備禮賢下士，三顧茅廬，請諸葛亮出山，在君臣的共同努力下，最終在巴蜀三分鼎足，延續漢家正統。下聯是讚揚劉備「以人為本」的仁德精神。《三國志·先主傳》記載，劉備在長坂坡帶著百姓逃難時，有人勸說劉備放棄百姓，輕騎逃跑。劉備說「夫濟大事，必以人為本，今人歸吾，吾何忍棄去！」意思是，人生要想成就功業，就要人作為根本。如今百姓都跟隨我，我怎麼能拋棄他們。

堅決不放棄百姓。

我們誓死跟隨主公。

　　這句話是「以人為本」一詞最早的出處，也是劉備寬厚愛民的最好體現。正是因為劉備是人心所向，最終才能在亂世中成就一番事業。

野人文化
讀者回函卡

書　名

姓　名　　　　　　　　□女　□男　　年齡

地　址

電　話　　　　　　　　手機

Email

□同意　□不同意　　收到野人文化新書電子報

學　歷　□國中(含以下)　□高中職　　□大專　　　□研究所以上
職　業　□生產／製造　□金融／商業　□傳播／廣告　□軍警／公務員
　　　　□教育／文化　□旅遊／運輸　□醫療／保健　□仲介／服務
　　　　□學生　　　　□自由／家管　□其他

◆你從何處知道此書？
　□書店：名稱 ＿＿＿＿＿＿＿＿　　□網路：名稱 ＿＿＿＿＿＿＿
　□量販店：名稱 ＿＿＿＿＿＿　　□其他 ＿＿＿＿＿＿＿＿＿＿

◆你以何種方式購買本書？
　□誠品書店　□誠品網路書店　□金石堂書店　□金石堂網路書店
　□博客來網路書店　□其他 ＿＿＿＿＿＿＿＿＿＿

◆你的閱讀習慣：
　□親子教養　□文學　□翻譯小說　□日文小說　□華文小說　□藝術設計
　□人文社科　□自然科學　□商業理財　□宗教哲學　□心理勵志
　□休閒生活（旅遊、瘦身、美容、園藝等）　□手工藝／DIY　□飲食／食譜
　□健康養生　□兩性　□圖文書／漫畫　□其他 ＿＿＿＿＿＿

◆你對本書的評價：（請填代號，1.非常滿意　2.滿意　3.尚可　4.待改進）
　書名 ＿＿＿ 封面設計 ＿＿＿ 版面編排 ＿＿＿ 印刷 ＿＿＿ 內容 ＿＿＿
　整體評價 ＿＿＿

◆你對本書的建議：

野人文化部落格 http://yeren.pixnet.net/blog
野人文化粉絲專頁 http://www.facebook.com/yerenpublish

野人

23141
新北市新店區民權路108-2號9樓
野人文化股份有限公司 收

請沿線撕下對折寄回

野人

書號：0NGT0047